MIX
Papier aus verantwortungsvollen Quellen
FSC
www.fsc.org
FSC® C017859

Auflage:
4 3 2 1
2017 2016 2015 2014

HAYMON tb **168**

Originalausgabe

www.haymonverlag.at

ISBN 978-3-85218-968-0

Buchgestaltung, Satz: hœretzeder grafische gestaltung, Scheffau/Tirol
Umschlaggestaltung: Eisele Grafik·Design, München, unter Verwendung eines Fotos von Andreas Nader (Landschaft) sowie Bildelementen von Bigstock/HappyAlex, Bigstock/Boris 15, Shutterstock/Piotr Krzeslak, Bigstock/Roman Sotola
Zeichnungen: Bernhard Barta
Autorenfoto: Manfred Horvath

Gedruckt auf umweltfreundlichem, chlor- und säurefrei gebleichtem Papier.

Bernhard Barta

Sissis Gold

Ein Salzkammergut-Krimi

Bernhard Barta

Sissis Gold

1.

Schneider Schauer strickte still vor sich hin. Ein Hundstag war das! Heiße Luft stand in den kleinen Gassen. Seltsame Schwüle drückte auf die Dorfbewohner herab. Es war wie ein Fluch. Als ob heute noch Schlimmes geschehen würde in Bad Ischl, dem kleinen Kaiserdorf an der Traun.

Wie immer zum Ende der Sommersaison war der Schauer frühmorgens der einzige Gast. Von Zauners Garten aus blickte er in das friedlich dahinplätschernde Wasser hinab. Genoss das Glitzern der Morgensonne an der einsamen Esplanade und nippte an seiner Kaisermelange. Gestärkt griff er zur Wolle und strickte weiter. Zwei glatt ... zwei verkehrt.

Der Schauer schnappte gierig den Gucker. Ein einsamer Wagen hielt an der Brücke. Das Dirndl stieg aus. Grüner Leib, lila Schürze. Ein Ausseer! Sie lächelte etwas unkeusch und zupfte sich die Schürze zurecht. Kurdirektor Karl Grinser warf noch eine flüchtige Kusshand hinterher. Dann gab er Vollgas. Der Schneidermeister senkte das Fernglas und lachte bitter in sich hinein. Dieser Grinser! Schon seit August im Erholungsurlaub und dabei fit wie ein Turnschuh. Alles war beim Alten geblieben auf der Kurdirektion. Im verschlafensten Ischler Amt.

Die süßen Ausseer gingen ja ohnehin am allerleichtesten her. Schließlich verkaufte keiner so viele davon wie er. Der größte Schneider im ganzen Ort! Ach wo, der größte im ganzen Salzkammergut! Seit sich der Kaiser, Gott hab ihn selig, vom Großpapa neue Beinkleider anmessen ließ. Und jetzt hatte das Fräulein Tochter dazu noch ihr *Trachten-Gedicht* bei der Trinkhalle aufgesperrt. Alles fürs Dirndl und für die

Krachlederne. Stolz wiegte der Schauer seinen fein geschneiderten Schopf und nahm wieder Faden auf. Zwei glatt ... zwei verkehrt.

„Habe die Ehre, Gnädigste!" Schauer nahm die Hand vom Faden und die Damenfinger galant zum Mund. Mondän wie üblich sank Greta Ott an ihren Tisch. Lächelte sittsam. Bestellte Milch mit Cognac. Wie immer.

„Affenhitze! Und das zur Nachsaison!"

Sie seufzte bühnenreif und fuhr sich mit großer Geste durch den berühmten Pagenkopf. Er verlieh Ott etwas Zwanzigerjahrehaftes.

Der Schauer nickte. Die machte schon wieder Theater! Nur dass sie nicht mehr die berühmten Bühnen bespielte, sondern das Kaffeehaus im Kaiserdorf.

Dabei war die Ott bekannt wie ihr bunter Hund. Tag für Tag saßen Hunderl und Frauerl da, Schnauze an Schnauze. Blätterten in den Journalen und spionierten, wer aller daherflaniert kam. Nur heute nahm sie ohne ihren Zuchtspaniel Platz.

„Ja wo ist er denn?"

„Dem Mimmo ist heut nicht wohl", gab Greta gnädig zurück.

Der Schauer nahm wieder Faden auf. Gamserl sticken! Für die vielen Japaner, hatte das Fräulein Tochter gemeint. Jeder wollte eine Gams auf der Lederhose, oder gleich ein ganzes Gamsfrackerl als Souvenir. Da musste halt wieder der Senior ran! Gottlob standen bald Enkerl ins Haus.

„Meine Begrüßungsbrigade!", lachte der Zauner Sepp und winkte seinen zwei treuesten Stammgästen.

„Grüß Gott, Herr Kaiser!", tönten beide im Chor. Der Zauner lachte geschmeichelt und zupfte sein Bärt-

chen. War er nicht wirklich der Kaiser? Der Schoko-Weltmeister? Der süßeste Bäcker im Mehlspeisenreich?

Da erwiderte hinter ihm der alte Kaiser den Gruß. Das Franz-Joseph-Double in Ischler Diensten eilte stöhnend weiter. Man wartete schon. Termine ohne Ende drohten im Kaisergeschäft. Schon wieder hatte sich ein Bus Reisejapaner zur Audienz angesagt. Und dann sollte er auch im Museum wieder mal nach dem Rechten sehen.

Zauner polierte essigsauer weiter sein Silberbesteck. Der Schauer verstrickte sich wieder im Socken und die Ott griff zur *Vogue* und spionierte dahinter hervor.

Tatsächlich! Heinrich Grün kam die Esplanade entlanggeschlürft. Der Ischler Mäzen, der große Spender im Stadtmuseum. Er flanierte von Parkbank zu Parkbank, bis er im Museumseingang verschwand.

Doch da schlich in Grüns Schatten noch ein Zweiter heran. Schauer griff sich den Gucker und winkte hinüber zur Ott. Die nickte verschwörerisch. Kein Dasiger! Kaum jünger als Grün. Trotz der Hitze trug der Fremde einen Schladminger Lodenrock. Er drückte sich vorsichtig von Baum zu Baum. Verkroch sich hinter der schiefen Linde und sah zum Museum hinüber.

Der alte Grün schleppte einen Plakatständer heraus und klappte die Ankündigung auf. *10.00 Uhr – Historische Hoheiten im habsburgischen Haus – Vortrag: Heinrich Grün.* Diesen Moment nutzte der Schladminger. Hinter dem Rücken des Alten schlich er durch das Portal.

Grüns Gepflogenheiten waren bekannt. So wartete der Mann oben im ersten Stock. Sicherheitsvorkehrungen waren kaum zu fürchten. Nachsaison, eine Stunde vor Öffnungszeit. Das Museum war menschenleer.

Schon kam der Alte die Treppe heraufgeschlurft und betrat den Kaiserraum. Vor dem Glaskasten *Franz Joseph als Jäger* blieb er stehen. Der Schladminger schlich aus dem Schatten der historischen Sänfte, öffnete geräuschlos den Rucksack und nahm etwas heraus. Erst als er direkt hinter ihm stand, bemerkte ihn der alte Grün.

Lächelnd streckte ihm der die Hand hin, doch der Schladminger behielt seine im Rock. Er fragte Grün etwas und zeigte auf die Vitrine. Der Alte drehte sich um. Da drückte der Schladminger ihm das Taschentuch auf den Mund. Behutsam fing er ihn auf. Fesselte seine Hände, verklebte den Mund.

Nun nahm der Mann ein Hackl aus seinem Sack. Hieb den Schaukasten ein und bediente sich. Brach die Kaiserin-Elisabeth-Büste vom Sockel und schlug die bronzene Sisi ins graue Wolltuch. Den ganzen Packen verstaute er vorsichtig im Sack.

Dann setzte er sich zum alten Grün auf den Boden und starrte ihn an, bis der aufwachte. Am Anfang schlug er ihn leicht. Dann kam das Blut. Und dann holte der Mann das Messer heraus. Er hatte gewartet. Ein Leben lang ...

2.

„Das war's." Sie nahm den letzten Schluck vom Earl Grey.

Gustl Brandner hatte wie immer nur halb hingehört. Er nickte und nippte am Tee. Die Zeichnung war gleich fertig. Er gönnte sich noch eine Gabel von Rosis köstlichem Kaiserschmarrn. Rosi Marek war schon die Haushälterin seiner Mutter gewesen. Seit seiner Kindheit hatte sie sonntagmorgens Kaiserschmarrn für ihren Gustl gemacht. Schmarrn mit Rumzwetschken. Sein sprichwörtlicher Brandner-Zinken roch noch den Schuss „rhum hors d'âge". Schnaps und Möbel, ging es ihm durch den Kopf, das alte Brandner-Geschäft.

Sein Auge wanderte übers Wasser. Der See. Der Traunstein. Die weichen Wellen. In ihrem Haar. Alles perfekt!, dachte der Brandner und freute sich.

„Das war's, Gustl!", wiederholte Susi Sommer eiskalt. „Gib's doch zu! Ich bin doch nur dein ... deine Kaffeetussi! Das bin ich für dich!"

Aha. Daher wehte der Wind. Klar kochte die Susi klasse Kaffee. Überhaupt klasse, die Susi. Erstens als

Azubi, sprich Auszubildende bei der Salzkammergutpolizei. Zweitens als sein Schatzi. Doch sie war nun mal ein Chaot. Eine Spürnase, keine Frage. Eine richtig gute Schnüfflerin, aber ein Chaot. Irgendwann würde die mal einen prima Bullen abgeben. Nach der Grundausbildung.

Er erwiderte nichts. Gustl Brandner hasste Streit. Frühstück bedeutete Frieden in seiner heilen Welt. Was hätte er auch sagen sollen? Sie waren nicht auf dem Revier. Sondern zuhause. In seinem Frühstückssalon.

Beklommen steckte er die Nase in den zur Neige gegangenen Tee. Sein Auge wanderte wieder zum Wasser und mit einem Mal träumte sich der letzte Brandner davon.

Alle waren wieder da. In der Brandner Villa in Hietzing. In Wien. Die Eltern, die Großeltern, sogar der Urgroßpapa, der Balthasar, hing wieder überm Kamin. Kunsthändler des Kaisers und Begründer von *Brandner & Sohn*, Wiens nobelstem Kunstsalon. Der Balthasar hatte Benedikt Brandner gezeugt, den einzigen Stammhalter. Der wiederum rief den Buriel Brandner ins Leben, den letzten Freiherrn von Brandner. Und Buriel, sein Vater, schließlich ihn: Gustav Brandner, den Spätgeborenen. Natürlich in Gmunden. Zur Sommerfrische 1968, in der Sommervilla am See.

Immer nur Buben, resümierte der Brandner. Alle waren sie Kunsthändler geworden. So wie der uralte Balthasar. Nur er diente der Polizei. Schon kamen wieder die Selbstzweifel. Er floh zum Fenster hinaus, roch die Kindheit. Die rauschenden Bäume im Toskanapark unten am See. Die spärlich gewordenen Fischerboote. Das alte Seeschloss, Zufluchtsort seiner Jugend, jetzt das Revier der Salzkammergutpolizei. Ihr gemeinsamer Arbeitsplatz.

„Das war's!", schrie die Susi. Zum dritten Mal. „Dein Revier! Deine Fälle! Ich hab's so satt!"

Gustl Brandner hörte gar nicht hin. Er griff wieder zum Notizbuch. Das abgegriffene, kleine Lederbuch mit brüchigem Einband. Er hatte es von seiner Großmutter geerbt. Nun war es voll mit den Fällen, die die Susi offenbar so ärgerten. Auf die sie, so schien es tatsächlich, eifersüchtig war. Zweifelhafte Klienten – Diebe, Wilderer – blickten ihn daraus an. Er hatte sie alle gezeichnet. Aus dem letzten Kapitel vom vergangenen Sommer sogar eine Mörderin. *Sissis Tod.* Es war bisher sein größter Fall gewesen. Vera Kaprisky, die Schönheit aus Hollywood. Ermordet in Ischl. Gustl Brandner klappte das Buch zu und blickte vorsichtig auf. Sie hatten den Fall doch gemeinsam geklärt.

„Morgen bin ich dahin!"

Die Susi schenkte sich wieder einmal zu viel Frühstückssekt nach und stürzte ihn hinunter. Er sagte nichts.

Schwermütig schlug er das nächste Kapitel auf und fing, wie immer, wenn die Traurigkeit kam, zu zeichnen an. Diesmal sich selbst. Sein Blick fiel in den goldenen Spiegel. Der letzte Brandner. Ein reifer Mann von sechsundvierzig. Der einzige Brandner, der keinen Buben gezeugt hatte. Mit traurigen Augen, und doch mit einigem Stil, wie er fand. Die verdammte Traurigkeit kroch mehr und mehr in ihm hoch.

Dabei waren sie so glücklich gewesen letzten Sommer. ‚Ich bin die Susi, Susi Sommer', hatte sie sich vorgestellt auf dem Revier. Mit ihren Haselnussaugen. Eines war zum anderen gekommen. Nun vernichtete sie ihn. Sie machte ihn langsam ... und da traute er sich. Gustl Brandner, Chefinspektor der Salzkammergutpolizei, nahm sich ein Herz.

„Du bist ja verrückt!"

Er hatte es ihr einfach hingeschrien. Es fühlte sich richtig gut an.

Da wackelte ihm schon der Kopf. Dann hatte ihm die Susi auch noch links eine geknallt. Und war schon hinaus zur Tür. Dieses Mal lief er ihr nicht nach. Im selben Moment schämte er sich. Ein Brandner wurde nie laut, auch wenn es der letzte Brandner war. Da läutete das Telefon im Frühstückssalon ...

3.

„Sauwetter!", sagte der Fahrer zum einzigen Fahrgast, der den Regionalbus von Bad Ischl nach Gmunden bestieg. „Also i schwitz wia a Sau!"

Der andere nickte nur und ertrug den üblen Schweißgeruch stumm. Niemand sollte sich an seine Stimme erinnern. An sein s, das er wie sch aussprach. Vor allem nicht an die Hakennase, die sein Bart so gut wie möglich verbarg.

Trotz der Schwüle behielt der Mann den Schladminger an. Er schleppte den Rucksack durch den Mittelgang. Den Kaiserhut zog er tief ins Gesicht.

Aufrecht wie ein Soldat hatte der dagestanden, der Grün. Vor der Kaiservitrine. Bald hätte er noch salutiert vorm alten Kaiser. Einer wie der! Dann hatte alles wie am Schnürchen geklappt. Betäuben. Fesseln. Knebeln. Es hatte nicht einmal schnell gehen müssen. Er hatte gezuckt unter den Schmerzen. Erstaunlich zäh war er gewesen, der alte Grün.

Da zuckte der Mann im Schladminger auf. Vor Schreck. Ein silbergraues Oldtimer Cabrio raste mit Blaulicht vorbei. An der nächsten Haltestelle Richtung Ebensee stieg der Mann aus. Er wartete, bis der Bus außer Sichtweite war, und stapfte bis zum Waldrand hinauf. Dort entfaltete er einen dunkelgrünen Plastikbeutel, stopfte Rucksack und Gehrock hinein und versteckte alles hinter dem Busch. Dann folgte er der Wegmarkierung, *Aufstieg zum Offensee*.

Im Wald war es weniger schwül und er kam rasch vorwärts.

Eine Stunde später war er am Ziel. Es dauerte keine fünf Minuten und er fand, wonach er gesucht hatte. Der alte Grün hatte die Wahrheit gesagt. Noch hatte ein jeder geredet, wenn die Angst kam. Und der Tod ...

Kurz darauf saß der Schladminger im nächsten Bus. Sein Rucksack war noch schwerer geworden. Dennoch schleppte er ihn bis ganz nach hinten. Während der Fahrt sah er aus dem Fenster. Am Franz-Josef-Platz stieg er aus. Zügig, ohne einem Gmundner in die Augen zu schauen, marschierte er bis zum Rathaus. Die neue Tramway glänzte wie ein Barren pures Gold. Goldener Sargnagel, hatten denn auch die Gmundner News zum Begräbnis des Gemeindebudgets geschrieben. Ganz hinten fiel der Mann in den purpurfarbenen Polstersitz. Geisterbahn nannten die Gmundner die neue Bim. Tatsächlich blieb er der einzige Gast.

Bald kamen die Vorchdorfer Felder, der Schladminger atmete auf. Er schien die vorbeigleitende Landschaft zu genießen. Öffnete gar etwas den warmen Lodenrock. Zupfte nachdenklich am zu dunkel gefärbten Vollbart und grübelte über den Mann im Fensterglas. Den Mann, zu dem er geworden war. Über das, was er getan hatte. Hatte tun müssen. Weil es weder Ehre noch Treue gab in diesem Land.

4.

Kurz zuvor hielt Gustl Brandners silbergrauer VW Karmann-Ghia, Baujahr 1955, quietschend am Portal des Ischler Stadtmuseums.

„Kommt's her! A Leich! Im Museum!", hatte die Männerstimme gestöhnt. Doch bevor Brandner nachfragen konnte, hatte der andere in der Leitung aufgelegt. Es hatte nach dem Kaiser geklungen, dem alten Franz.

Die Dienstwege waren lang geworden, seit man dem Chef der Salzkammergutpolizei auch noch den Ischler Posten verpasst hatte. Und somit den faulsten Wachtmeister weit und breit, wieder einmal war der im Krankenstand. Der Gamperl, der Depp! Milli Marek, Brandners Sekretärin, weilte auf Urlaub und der Wachtmeister Birngruber nahm in Vorchdorf einen Verkehrsunfall auf. Alle Notrufe waren zu Brandner nachhause durchgestellt. So war er halt selbst hergefahren. Nach der Frühstückswatschen.

Schlecht gelaunt stieg der Inspektor aus. Das Museum war unversperrt. Keiner zu sehen! Brandner schnaufte vom Foyer die Treppe hinauf. *Kaiser Franz Joseph und Ischl* stand über dem Ausstellungsraum im ersten Stock. Dort brannte Licht. Er hatte Geräusche gehört. Leise ging er hinein.

„Ah! Eh schon da?"

Frau Doktor Fuchs machte sich eifrig an der Leiche zu schaffen und grinste boshaft herauf.

„Sauerei!"

Dem Brandner lief es feucht über den Rücken. Und das auf vollen Magen!

„Ach wo, endlich passiert einmal was. Hackfleisch ist der!"

Ihre Augen begannen zu leuchten. Brutal führte sie dem Toten ihr Thermometer ein. Na, einen Magen hatte die Füchsin! Doch er gab ihr Recht. Morde passierten so gut wie nie im Salzkammergut. Sah man vom letzten Sommer ab. Ausgerechnet zum Kaisergeburtstag war da diese Leiche gelegen. Auf dem Siriuskogel, die berühmteste Frau Hollywoods.

Aber sonst? Dann und wann haute mal einer die Frau. Dazu die paar Wilderer, ein bisserl Schwarzfischen. Vielleicht kam einmal ein Einbruch daher. Sonst Friede, Freude, Apfelstrudel.

Und jetzt das! Gustl Brandner war kein Morgenmensch. Schon gar nicht, wenn der Morgen mit einem Blutbad begann. Er riss sich zusammen.

„Wie lange ist er schon tot?"

„Stunde."

Sie hasste jede Störung bei ihrer Leichenbeschau.

„Prinzessin", knurrte der Brandner zurück. Allerdings nur für sich. Es empfahl sich nicht, die Füchsin zu reizen. Er brauchte die einzige Amtsärztin seines Bezirks. Für den Totenschein und angesichts des gewaltsamen Todes auch für die Obduktion.

Er trat ein paar Schritte zurück und setzte sich auf den Besucherstuhl des Kaiserraums. In Bezug auf seinen Job hatte der Chefinspektor ein einziges, doch überaus lästiges Handicap: Blut. Schon ein Tropfen davon war ihm zu viel. Aus den Augenwinkeln riskierte er einen Blick. Die Füchsin hockte fasziniert vor der Leiche. Ein alter Mann am Boden. Mit offener Weste und aufgerissenem Hemd lehnte er am zersplitterten Glas der Vitrine. Zahlreiche Schnittwunden überzogen den Körper. Der Kopf war auf die Schulter gesunken.

Der Brandner erschauderte. Rundherum rot! Sein Blick fiel auf seine Goiserer. Angewidert zog er das fein geglättete weiße Taschentuch mit dem gekrönten *B* hervor und wischte sich mit zugehaltener Nase das Blut vom Schuh. Wie immer in diesen Fällen sehnte er sich in sein früheres Leben zurück. Das beschauliche Wiener Antiquitätengeschäft. Die Kundschaft, die schon bei seinen Eltern gekauft hatte. Etwas blasiert, doch herrlich unaufgeregt. Er war ein Schöngeist, ein Philanthrop. Schon der Anblick einer toten Maus war ihm zu viel. Und dann so was! Andererseits, der Tod war sein Job. Er sah doch wieder hin. Das war ...

„Ein Gemetzel!“, strahlte die Füchsin übers ganze Gesicht. „Gibt’s sonst nur im Fernsehen, CSI Miami und so.“

„Also ... was haben wir?“

„Eindeutig erstochen.“ Ein Leuchten stand in ihren Augen.

„Weißt du schon etwas zum Tatwerkzeug?“

„Manche Wunden scheinen von einer großen Klinge zu stammen. Am Rücken etwa. Die meisten Schnitte von einem kleineren Messer. Jedenfalls wurde der so richtig tranchiert! ... Genaueres kriegst du nach der Obduktion.“

Er überwand sich und beugte sich mit zugehaltener Nase über die Leiche. Sie kam ihm bekannt vor.

„Das hat er bei sich gehabt.“

Die Füchsin hob etwas auf und wachelte ihm damit vor seiner Nase herum. Ohne Handschuhe! Daumen schwarz. Zeigefinger weiß, Mittelfinger schwarz und so fort lackiert. Wie Yin und Yang. Gut und böse. „Wie deine Seele“, murmelte er.

„Was?“

Er tat, als hätte er nichts gehört. Zog den Gummi über die Hände und nahm ihr das schwarze Geldbörsel ab. Ein kleiner Bund Schlüssel fiel heraus, ein paar Visitenkarten, ein paar hundert Euro, Jagdschein, Personalausweis. Bundesrepublik Deutschland! Er klappte ihn auf.

„Heinrich Grün. Freistaat Bayern“, las er laut vor. Moment ...

„Der Waffenfabrikant!“, schrie er so laut, dass die Füchsin erschrak. Was ihn ein wenig freute.

„Geboren am 25.12.1920“, las er weiter. 1920? Sie sahen einander verwundert an. Man hätte dem Opfer kaum siebzig gegeben.

„Todsicher ’ne junge Freundin. Tät dir auch nicht schaden, Brandner“, meinte sie anzüglich.

Er ärgerte sich. Klar! Rumbumsen und gute Ratschläge geben. Vom Richter bis zum Schokoladenvertreter hatte die Füchsin doch alle durch im Bezirk. Er hielt die Klappe und widmete sich wieder dem Ausweis.

„Körpergröße: 170 cm.“

„Jetzt einsfünfzig. Wo der Kopf ja fast fehlt!“

Er ging über ihren Zynismus hinweg. Ließ Grüns Habseligkeiten in den Plastikbeutel gleiten und wandte sich dem Schaukasten zu.

Kaiser Franz Josephs Jagdbüchse – Leihgeber: Kommerzialrat H. Grün, stand da über dem eingehauenen Glas.

Kein Zweifel, er hatte jüngst von Grün gelesen. Büchsen, Revolver, Raketen. Dieser Mann war dick im Waffengeschäft.

Von draußen drang Schluchzen herein. Wie der Blitz stürzte der Brandner in den Nebenraum. Die Kaisersänfte! Von dort kam das Geheule. Er sah hinein. In der historischen Holztrage saß kreidebleich ... das Fräulein Grimm!

„Grimm“, stellte sie sich vor. Unnötigerweise. Jeder kannte ja ihr Gesicht aus dem Ischler Mittwoch. Ihre Vortragsreihe *Habsburgs historische Hoheiten* wurde vom Redakteur Kupperl schwer hofiert. Na ja, der Kupperl hofierte alles, was einen Rock anhatte. Alles, was gschma war. Und die Grimm Mizzi im Dirndl ... extragschma, dachte der Brandner.

„Ich war da, wie's passiert ist!“

Direktor Grimm schnäuzte drauflos und rieb sich die Augen. Er gab ihr ein wenig Zeit.

Der vom Polizeirevier umgeleitete Anrufer hatte ja eigentlich nach einem Mann geklungen. Eigentlich wie der Soukop Franz. Der Ischler Kaiser, also das bezahlte Kaiserdouble vom Tourismusbüro. Er war sich beinahe sicher, dass es der Franz gewesen war.

„Das heißt, Sie haben das da gefunden? Die ... Sauerei?“

„Unser Grün ...“, schluchzte Direktor Grimm und hob kraftlos den Arm.

„Also ist das da wirklich der Heinrich Grün? Der Waffenschieber?“, forschte der Brandner nach. Wütend schoss sie hoch aus der Sänfte.

„Kommerzienrat Grün war Ischls größter Mäzen! Heut wär sein Abschlussvortrag gewesen für diese Saison.“

Sie legte schon wieder los mit dem Geheul. Er wartete, bis sie sich etwas gefasst hatte.

„Wann haben Sie den werten Herrn denn entdeckt?"

„Na so gegen halb neun. Da bin ich zur Tür herein, so wie immer. Will grad auf meinen Kontrollgang durchs Haus. Da rennt der Franz an mir vorbei. Also der Kaiser ..."

„Der Soukop?"

Sie nickte.

„Der Franz rennt also an mir vorbei ..."

„Zur Tür?"

„Zur Tür!" Sie schaute böse. „Wollen S' mi jetzt bei jedem Wort unterbrechen?"

Der Brandner ärgerte sich, doch er sagte nichts.

„Der rennt also zur Tür, wie ein Irrer. Ich denk mir noch, komisch ... der Franz."

„Sie sind also dann selbst hinauf ...", half er nach, damit das Fräulein endlich zum Punkt kam. Schließlich traf gleich die Linzer Mordgruppe ein. Das Fräulein Direktor nickte und schlug das Kreuz.

„Ich nix wie rauf. Und da ist er gelegen!" Sie griff wieder zum Taschentuch.

„Und dann?"

„Dann hab ich die Frau Doktor angerufen. Die kriegt einen jeden hin. Auch unsern Grün, hab ich gedacht. Wo sie mir doch so schön geholfen hat!"

Grimm sah die Amtsärztin andächtig an.

Aha! So war die Füchsin also als Erste zum Tatort gekommen. Der Inspektor schluckte den Ärger hinunter und konzentrierte sich auf die Zeugin.

„Wo hat er denn gewohnt, der Herr Grün?"

„Im Jagdhaus. Da oben beim Offensee."

Reflexartig griff er in seinen Hosensack. Grüns Schlüssel klimperten leise im Plastikbeutel. Sie mochten wohl zu Grüns Anwesen gehören.

„Erst vorige Woche hat er gemeint, dass er uns das Jagdhaus jetzt bald überschreiben würd, der Herr Kommerzienrat. Also dem Museum halt! Falls ihm was passiert ..."

Der hübsche Direktorskopf sah mit einem Mal geschäftsmäßig drein.

„So hat er das gesagt? Falls ihm etwas passiert?"

Sie nickte stumm.

„Wie kam der Grün ins Museum? Es ist ja noch nicht einmal Öffnungszeit."

„Mit seinem Schlüssel natürlich!"

Das Fräulein putzte sich zornig die Nase und hob drohend den Finger in Richtung Inspektor. Ganz so, als hätte der höchstpersönlich ihren Kommerzienrat abgemurkst.

„Und der Kaiser? Wie kam der herein?"

„Der Herr Kommerzienrat hat wohl offen gelassen. Und manchmal kommt der alte Franz einfach so zwischendurch und staubt seine Sisi ab. Auch die würd er uns schenken, die Sisi. Also die Büste. Hat er versprochen, der Herr Kommerzienrat. Weil er hätte ohnehin Schuld auf sich geladen, hat er gesagt. Und dann so komisch gelacht dabei ..."

Dem Fräulein Grimm versagte die Stimme.

„Er hätte Schuld auf sich geladen?"

Sie nickte und fing wieder zu weinen an.

„Schuld ...", wiederholte der Brandner um Sanftheit bemüht. „Und jetzt ist er tot."

Er sah zur Frau Doktor hinüber. Vielleicht würde sie? So von Frau zu Frau? Und die Füchsin nahm das Fräulein Grimm in den Arm.

Er ging zurück in den Kaiserraum. Seine Spezialuntersuchung begann. Seit der Kindheit verwendete er dieselbe Methode, doch er behielt sie streng für sich. Ebenso lange litt er daran. Genauer gesagt, litt seine Nase. Also noch genauer, roch sein riesiger Brandner-Zinken zu gut. Nasale Hypersensitivität lautete die Diagnose. Es war so, als röche er tausend Dinge gleichzeitig. Ständig. Und völlig ungefiltert. Der Brandner schloss die Augen und legte los.

„Blut ... Chloroform! ... Mottenpulver ... frisch geschnittenes Fleisch ...“

„Toll!“

Zu Tode erschrocken riss er die Augen auf. Die Füchsin starrte ihn an.

„Toll“, wiederholte sie. „Wie machst du das nur? Man hat ihn tatsächlich mit Chloroform betäubt! Und dann massakriert.“

„Du hättest mich sofort anrufen müssen“, schimpfte der Brandner statt zu antworten. Er griff sich an den Kopf. Tatort-Riechen tat meist verdammt weh. „Grimm hat dich schließlich verständigt!“

„Dachte, du wärst schon informiert. Jetzt gehört er ja dir! Du Profiler.“

„Wo ist das Fräulein?“

„Ihre Hoheit hat wieder in ihrer Sänfte geparkt.“ Sie grinste spöttisch, dann wurde sie wieder ernst. „Besser, sie beruhigt sich erst mal.“

„Zum Tatwerkzeug kannst du noch nicht mehr sagen?“

„So wie der Rücken aussieht, hat man auch von hinten ordentlich draufgehauen. Das war wohl kein Messer mehr!“

Er überwand sich und sah hin.

„Blut ... ist ein ganz besond’rer Saft! Faust“, deklamierte sie grinsend. Den Goethe hatte er ihr gar nicht zugetraut.

„Ganz so, wie wenn man dem ein Hackl ins Kreuz haut.“

„Toll kombiniert, Sherlock! Sieht tatsächlich nach einer Axt aus.“

Ihr Blick schweifte durch den Ausstellungsraum. Das Aquarium! Das Wasser glänzte im schönsten Rosarot. Ihre Blicke trafen sich. Die Füchsin rutschte im Blutbad beinahe aus, doch sie schaffte es als Erste ans Becken.

„Na na!“ Der Brandner quetschte ihren Arm, bevor sie ins Wasser griff. „Das holt besser die Mordgruppe raus!“

Wütend zuckte die Füchsin zurück.

Violetta XXIII. – Zucht Ihrer Kaiserlichen Majestät Elisabeth I. von Österreich, las er vom Schild. Laut Beschreibung residierte hier die direkte Nachfahrin von Violetta I., dem Goldfisch der Kaiserin. Der blaublütige Laich glotzte ihn arrogant an. Dann schwamm Violetta zwischen den Fleischfetzen und dem Hackl davon.

Brandner griff sich an den Kopf. Es wurde ihm heiß. Plötzlich ging alles ganz schnell. Zu spät bemerkte er die Gestalt hinter der Vitrine. Hochgewachsen. Weiß gekleidet. Entschlossen kam sie auf ihn zu. Die Axt blitzte auf. Seine Beine versagten den Dienst. Schnell und sicher schwenkte die Gestalt den geschliffenen Stahl. Tssssss ...

„Auf einen Schlag!“, prahlte sie mit furchtbarem Lachen. Er begann zu kämpfen, hob die Hände zur Abwehr. Alles war weiß. Wie Schnee. Berge mit hell leuchtenden Spitzen. Tssstsss machte die Axt.

„Tssstsss...“

Die Füchsin schüttelte spöttisch den Kopf. Dann haute sie ihm noch eine rein. „Schwache Nerven, Brandner!“

Es wurde ihm allmählich wieder klarer. Er sah direkt in die schneeweißen Berge hinein. Sie ragten aus ihrem Ausschnitt.

Ein Hüsteln! Fräulein Grimm starrte mit offenem Mund. Hinter ihr stand der Birngruber und genierte sich. Offenbar war er gerade eingetroffen.

„Orthostatische Dysregulation. Ohnmacht, wie der Nicht-Lateiner sagt“, tönte die Füchsin gelassen. „A g'sunde Watsch'n hilft. Und rasche Beatmung!“

Sie wischte sich über den Mund und packte grinsend ihre Gerätschaften am Tatort ein. Ohne Handschuhe.

„Und der Totenschein?“

„Morgen Mittag auf der Gerichtsmedizin. Sei pünktlich, mein Schatz!“ Sie drückte dem Darniederliegenden noch einen Kuss auf die Stirn, packte das fertige Täschchen und stöckelte lächelnd davon. Mit rotem Kopf knöpfte sich der Brandner das Hemd zu.

Fräulein Grimm stand mit verschränkten Armen vor ihm. Er versuchte sich zu erheben. Ein Karussell kreiste in seinem Kopf. Der Birngruber hatte sich bereits zur Vitrine verdrückt und besah das Opfer.

„Dysregulation“, wiederholte der Brandner. Er rappelte sich mühselig hoch.

„Sie kamen also ... um halb neun zur Arbeit?“, setzte er endlich mit der Befragung fort.

Grimm nickte.

„Und Ihre Assistenten?“

„Um zehn kommt immer die Lisa, danach kommt der Franz.“

„Was fehlt denn?“ Er deutete zur zerstörten Vitrine hinüber.

„Na, die Sisi!“

Er schaute fragend.

„Na, die Büste, die Kaiserin!“ Grimm zeigte auf den leeren Sockel. „Und das Jagdhorn aus der Vitrine!“

„Ein Jagdhorn? Sonst nichts?“

„Das Jagdhorn des Kaisers!“ Grimms empörter Direktorsblick streifte ihn.

Nun ja. Schließlich war auch des Kaisers Büchse im Glaskasten gelegen. Sein Hut mit dem Gamsbart. Und seine Jagdtasche. Und doch hatte der Täter all dies verschmäht.

„Also ich putz die Sauerei nicht!“

Das aufgebrachte Fräulein riss ihn aus seinen Gedanken. Er verkniff sich die Bemerkung, dass dafür die Blutsauger zuständig wären. Also das Sondereinsatzkommando „Säuberung“ am Landeskriminalamt Linz.

„Servus, Gustl!“, kam es wie bestellt vom Eingang des Kaiserraums. Die Linzer Tatortgruppe. Angesichts der Bekanntheit des Opfers war Oberst Gruber vom Landeskriminalamt selbst mit von der Partie. Neue Epauletten glänzten auf seinen Schultern. Das viele Schreibtischsitzen hatte den frisch gebackenen General dick gemacht.

„Hast dich weiterentwickelt, wie ich sehe“, schmunzelte der Brandner und reichte dem Spezi von damals die Hand. Man kannte einander von der Polizeiakademie.

„Haben den Heli genommen“, brummte der gemütliche General. „Landung vorm Kurhaus, gar net so einfach!“

„Ich muss jetzt aber ...“, rief sich Direktor Grimm in Erinnerung.

Der Brandner nickte. Man würde sie in den nächsten Tagen nochmals vernehmen. Solange der Gamperl krankfeierte, würde er den Birngruber ohnedies in Bad Ischl stationieren.

„Auf geht's, Burschen!", tönte der General.

Im Nu hatten die fünf Herren in weißen Overalls alles abgesperrt und bis zur Treppe mit Plastikfolie ausgelegt. Nun machten sie sich an ihr düsteres Werk.

Tausend Fragen kreisten bereits in Brandners Kopf. Wer war am Grün zum Mörder geworden? Mit welchem Motiv? Ein Räuber? Ein Racheengel? Er habe Schuld auf sich geladen, hatte der alte Grün laut Grimm kurz vor seinem Ableben gesagt. Er blickte wieder hin.

„Sauerei", murmelte er. Das Ganze sah verdammt nach einer Hinrichtung aus.

5.

Die Mordgruppe war fertig, die Untersuchung des Tatortes vorerst abgeschlossen. Der Helikopter befand sich bereits auf dem Rückweg. Grubers Team hatte alle Spuren gesichert, nun ging es um ihre Auswertung. Und so wanderte die Leiche erneut in die Fänge der Füchsin. Alles Weitere blieb ein Job für die Salzkammergutpolizei.

Chefinspektor Brandner hatte das Stadtmuseum vorläufig für behördlich geschlossen erklärt. Nun marschierte er mit seinem Gehilfen zum Zauner hinüber. Es galt den ersten Zeugen ausfindig zu machen. Den alten Kaiser. Denn es war der Soukop gewesen, der die Leiche gefunden und auf der Polizei angerufen hatte.

„Bravo“, murrte der Birngruber und hielt sich die Ohren zu. Die Kirchenglocken läuteten Sturm. „Jetzt weiß es ganz Ischl!“

„Wie immer, wenn im Ort ein Unglück passiert“, nickte der Brandner mürrisch.

„Und überhaupt, weil unser Meisterdetektiv schon wieder fest ratscht!“ Der Seppi deutete prophetisch zu Zauners Gastgarten voraus. Tatsächlich! Am ersten Tisch saß Greta Ott.

„Vorbeischleichen?“

„Wohl kaum“, seufzte der Birngruber und hielt Ausschau. „Der Hund ist ja sicher nicht weit!“

Als Bühnenlegende hatte die Ott den Theatern dieser Welt Adieu gesagt. Nun spielte sie die Rolle einer pensionierten Schauspielerin. Am Ort ihrer Kindheit, der ihr nach all den Jahren wieder zur Heimat geworden war.

Hatte man dem Schauer einen Hosenträger geklaut, enthüllte die Ott anderntags, wer ihn unterm Gamsfrackerl trug. Fehlte dem Eislbauern am Wolfgangsee die prächtigste Sau im Stall, so wusste die Greta, bei welchem Wirt es den zugehörigen Braten gab. Kurzum, sie tischte ihrem Brandner jedes Mal eine neue Verschwörungstheorie auf und wirkte als Ischls indiskretester Detektiv.

Doch er liebte sie. Greta war seine Muse, seine Busenfreundin. Sie hatte Goethes Gretchen am Wiener Burgtheater gegeben und dann wieder das süße Mädel in der Josefstadt. Greta Ott war eine Legende. Jetzt, seit der Pension, schnüffelte sie aus Leidenschaft. Der Brandner beugte sich lächelnd über den Tisch.

„Handkuss, Frau von Ott ...“

„Jessasmaria, Gustl! A furchtbare G’schicht!“, legte sie los und winkte so dramatisch, dass er den Seppi bat vorauszugehen. Er habe noch mit einer wichtigen Informantin zu sprechen, betonte der Brandner laut. Der Seppi salutierte vorbildlich, sie schenkte ihm einen gnädigen Augenaufschlag.

„Wo ist der Mimmo?", fragte der Brandner schnell, um das Schlimmste abzuwehren.

Ohne den Spaniel mit Stammbaum setzte sie bekanntlich keinen Fuß vor die Tür ihres Hauses. Obwohl das praktischerweise direkt vorm Zauner stand.

„Im Bett, heiser ist er. Hab ihn angesteckt!"

„Du deinen Hund?" Der Brandner verbiss sich ein Lachen. Er setzte sich an den Tisch und bestellte sich auch einen Cognac.

„Jaja, mein Burli. Da kommt er immer zu mir ins Bett gehüpft. Zum Kuscheln und Bussi geben. Und ich hab doch die blöde Angina im Hals. Da hat's ihn erwischt!"

Sie machte eine theatralische Bewegung an der Gurgel und winkte quer über die Esplanade hinauf zum Balkon. Tatsächlich. Von oben kam mehr ein Krächzen als Bellen.

„Armes Burli." Dann kam sie zum Mordfall zurück und deutete zum Museum hinüber.

„Jetzt erzähl! Da ist doch der Grün krepiert, gell?!"

Er setzte sein naives Gesicht auf.

„Haha! Brauchst nicht so tun, Gustl, der Kaiser hat's im Zauner schon rumerzählt."

„Also gut. Der Grün."

Sie triumphierte. „Sitzt noch brav drin, unser Kaiser. Bekommt einen Schnaps nach dem andern! Der Zauner Sepp kümmert sich brav um ihn. Der Alte war schon tot, als er ins Museum kam, hat der Kaiser erzählt."

„Vielleicht hat der Franz ja doch was gesehen. Wir stehen noch ganz am Anfang ...", seufzte Brandner ratlos. Sein Cognac wurde serviert.

„Ach geh, Gustl. Das war doch klar!"

„Was war klar?"

„Klar, dass so was passiert!", rief sie mit Donnerstimme und klatschte den Ischler Mittwoch so wild auf den Tisch, als wollte sie damit den Mörder erschlagen. Ihre ewigen Andeutungen ärgerten ihn.

„Hör zu, Gustl! Der Janisch war's!"

Interessante Theorie, dachte der Brandner. Johnny Janisch, ein alter Sizilianer, hatte sich vor Jahren am Rande von Ischl eine historische Villa gekauft. Dort in der idyllischen Kaltenbachau lebte er mitten im Wald und gab den Dorfbewohnern zahlreiche Rätsel auf. Ein Waffennarr, hieß es, und doch ein gelehrter Schöngeist. Ein Kunstsammler, der die Ärmsten der Armen in Ischl mildtätig aushielt, die Gefallenen und die Bettler. Einer, der wie Robin Hood den Notleidenden Nahrung gab und nur von den Reichen nahm. Vor allem von den Jägern. Ja, der Janisch war weitum als Wilderer verschrien. Aber als Mörder? Es war wie immer.

„Also ich find ihn sympathisch." Er hatte schließlich hie und da den Mittagstisch im KuK-Wirt mit dem Janisch geteilt.

„Ach Gustl, du findest doch jeden sympathisch ... Der Janisch und der Grün haben ständig gestritten. Eine richtige Verbrechervisage hat der. Wer auf die armen Viecherl schießt, dem zählt auch ein Menschenleben nicht viel."

Er roch förmlich die Verleumdung. Die gute Greta war in ihrem Element. Doch sie hatte wieder einmal nichts in der Hand! Der Brandner kippte den Cognac und küsste ihr eilig die Hand. Unter Berufung auf die Zeugeneinvernahme empfahl er sich ins Innere der Konditorei.

„Klar, geh nur", schimpfte sie ihm hinterher. „Aber der Janisch, der war's! Bei meiner Ehr!"

Der Soukop Franz wirkte wie versteinert. Natürlich hatte man ihn ans Kaiserplatzl gesetzt. Mit Fensterblick auf die Esplanade. Wie immer strich der Zauner betulich um den alten Kaiser herum. Hinter ihm hing das historische Bild an der Wand: *Des Kaisers Spielstunde mit den drei Salzprinzen.* Doch nicht einmal das Kinderglück seiner Vorbilder konnte den Parade-Franz-Joseph heute zerstreuen. Die Kaiseruniform nachlässig über die Schulter gehängt schaute er nur trüb in seinen Nachmittagstee.

„Kaiserliche Hoheit?"

Der Alte blickte auf. Freudig überrascht sah er den Brandner unter den buschigen Augenbrauen an.

„Ach, der gute Gustl. Contenance!", sprach sich der Soukop Franz selbst Mut zu und erhob sich zur Handreichung. Deutete auf den Stuhl gegenüber und nahm wieder Platz. Der Inspektor hatte ihn noch nie so niedergeschlagen gesehen.

„Was für ein Schock ...", warf der Brandner hin und setzte sich. „Du hast den Toten gekannt?", begann er und biss sich auf die Zunge. „Herrn Grün. Du hast ihn gekannt, nicht wahr?"

Er hasste Momente wie diesen. Doch der Kaiser nickte nur stumm, nahm den Twinings formvollendet vom Silbertablett und führte die Tasse zum Mund. Dem Brandner war sein zerbeulter Trachtenjanker plötzlich recht peinlich. Wie immer, wenn er bei Befragungen nicht sogleich weiterkam, packte er den Notizblock aus und fing den Zeugen mit ein paar Strichen ein. Der Franz verfiel wieder in sein Schweigen, ehe der Inspektor sanft weitersprach.

„Wie war denn dein Verhältnis zu ihm, wenn ich fragen darf ..."

„Nun ja ... der Herr von Grün kam jedes Jahr."

Brandner wunderte sich nicht. Hatte jemand in Ischl Verdienste erworben, dann verlieh der Franz gerne das „von" und „zu". In alter Adelstradition.

„Ein Mann der Jagd! Kam meist im Herbst, wenn die Schonzeit der Hirsche vorbei ist."

„Im Personalausweis steht, dass er deutscher Staatsbürger war."

„Doppelstaatsbürger“, korrigierte der Kaiser. „Die Grüns waren ein Gmundner Geschlecht. Na ja, dort hat der Herr ja heute noch das Büchsengeschäft. Und die Grün’sche Jagd am Offensee. Hatte er ...“, verbesserte sich der Franz selbst. Wehmütig blickte er auf das Salzprinzen-Bild. „Schon seine Vorfahren hatten den Habsburgerkaisern die Büchse getragen.“ Er deutete auf das antike Bild hinter sich.

„Und sein Verhältnis zum Museum?“, hakte der Inspektor ein.

„Nun ja, da hielt er seine Vorträge, wenn er aus München hier war.“

Der Franz blickte den Inspektor traurig an. „Grad morgen wollte der Grün schießen gehen!“

„Schießen?“

„Na jagen halt.“ Der Alte schüttelte nachdenklich den Kopf. „Auf die Pirsch. Da hätt er heut einen kapitalen Hirschen geschossen. Den hätten’s ihm zugetrieben. Garantiert!“ Er deutete unter die Erde und griff traurig zum Rosenkranz. „Jetzt liegt er selber da drunt.“

„Sollten wir seine Familie benachrichtigen?“

„Ach wo ... der Grün hatte doch niemanden. Nur Gmundner Verwandte. Da sind ein paar Großneffen, soweit ich weiß.“

Eine Pause. Jeder hing seinen Gedanken nach.

„Wer tut so etwas?“

Der Brandner zögerte mit der Antwort. Dann legte er dem alten Freund die Hand auf die Schulter.

„Es trifft immer die Großen“, sagte der Brandner, da ihm nichts Besseres einfiel. „Komm, Franz, der Sepp bringt dich heim.“ Er winkte seinem Wachtmeister, der respektvoll beim Schnaps am Nebentisch geblieben war.

„Herr von Zauner! Bitte zahlen!“ Der Kaiser legte eine Banknote auf den Tisch und erhob sich. Er zögerte. Dann nahm er nochmals kurz Platz.

„Noch etwas, Gustl. Man sagt ja nichts Übles über einen Toten. Aber ...“ Der Franz druckste herum. „Nun ja ... er war ja kein einfacher Mensch. Kein schlechter, meine ich. Aber ...“ Er nahm den Brandner beiseite und schmunzelte matt wie ein Sportsman nach dem erfolgreichen Match. „Sogar bei unserer Sissi hat er’s probiert! Der Falott!“

Der Inspektor verbarg seinen Ärger, die Sissi vom Tourismusbüro war allseits beliebt.

„Er war halt ein Mann“, raunte der Franz. „Nehmt alles nur in allem.“

„Ich werde nimmer seinesgleichen sehn!“, parierte der Brandner. „Shakespeare. Hamlet. Erster Aufzug, Szene zwei.“

Ein Lächeln stahl sich ins alte Kaisergesicht. Der Soukop Franz nahm Spazierstock und Kaiserhut.

„Behüt dich Gott, Gustl!“ Damit bekreuzigte er sich und griff zum Rosenkranz. „Aber ein Weiberer! Der alte Grün ... vor dem Herrn!“

6.

Es war Mittag geworden. Brandners Magen machte schon wieder Radau. So entschied er kurzerhand endlich wieder einmal im KuK-Wirt einzukehren, im Dorf schlicht der „KuK“ genannt. Der KuK-Max galt als Fachmann für Tratsch jeder Art. Es musste schon mit dem Teufel zugehen, würde man hier über den Grün keine Geschichten zu Ohren bekommen. Hungrig querte der Inspektor den Schröpferplatz, verpasste der Flügeltür einen kräftigen Stoß und betrat das verruchte Lokal. Alle Blicke richteten sich auf ihn.

Der Wirt saß wie immer selbst am Stammtisch. Dann noch der Kupperl, vom Ischler Mittwoch, der Redakteur für Land und Leute. Daneben der Juwelier Baumann. Natürlich durfte da auch der Pfarrer Sams nicht fehlen. Der Pater war für wortgewaltige Predigten von der Kanzel genauso bekannt wie für seinen deftigen Schüttelreim. Aha, dachte der Brandner, mitten in der Höhle des Löwen! Montags war offenbar Wilderertisch. Wie man so hörte, schoss jeder der drei zum Spaß. Während der KuK wohl mehr am preiswerten Schwarzfleisch interessiert war. Nur der Sonnleitner schoss nicht selber und kochte nicht. Der liebte das Wild gegerbt. Etwa für seine neunnahtige *Scharfe Gams* – das berühmte Luxusmodell der Sonnleitner Lederhosen-Manufaktur.

„Da schau! Der Sheriff!“ Der KuK-Max schwenkte sein Bier in falscher Freundlichkeit.

„Griaß eich, Jaga!“, scherzte der Brandner. Er hängte seinen Janker an den Haken und setzte sich neben den Kupperl. Weit weg vom Sams.

„Dass du dich hertraust!“, brummte der rauschige Gottesmann wütend und schnaufte durch. Im Frühling hatte der Brandner den Prediger auf seiner alten Puch 150 erwischt. Erheitert vom Messwein und ohne Blinker. Dafür hing links und rechts ein Rebhuhn am Lenker. Damit nicht genug war der unfromme Mann noch handgreiflich geworden. Um Gottes Segen kam der am Revier noch einmal davon. Die Minimalstrafe hatte der Brandner ihm aufgebrummt, für einhändig

Motorradfahren. Dafür war im Topf der Pfarrersköchin nur ein Rebhuhn gelandet statt zwei! Das andere hatte die Rosi verkocht.

„Einmal Hirschragout, Max! Und einen Schnitt!" Der Brandner wollte dem üblen Magen nach dem Leichenfund mit einer zünftigen Unterlage beikommen. Der Wirt blickte beschwichtigend in seine Runde und erhob sich zum Zapfhahn.

„Was läuft, Sheriff?", argwöhnte der Sams. „Du kommst ja net einfach nur so daher, auf ein Bier ..."

„Hab zu tun in Ischl", meinte der Brandner ganz obenhin. Er war also im Vorteil, die Runde hatte offenbar vom Museumsmord noch nichts gehört.

„Schnüffelst beim Zauner, gell?", brummte der Kupperl.

„Burschen, sagt's einmal ...", begann der Brandner gerade heraus. „Wie ist das ... wenn ich was brauchen würd?"

Der Sams schaute misstrauisch, der Baumann drehte am Hörgerät, als verstehe er nix.

„Na ... a bissl Stoff!"

„Willst a Hirschlederne?", fragte der Sonnleitner, der alte Fuchs.

„Nix zum Anziehen! Echte Viecherl halt. Die Rosi tät so gern Gulasch kochen und am Sonntag ein Rehbraterl dazu."

Im Nu war der KuK wieder hinter der Schank und tat, als ginge ihn sein Wilderertisch nichts mehr an.

„Ach Burschen", grinste der Brandner. „Dich Pfarrer, hab ich damals mit den Rebhendln erwischt. Der Baumann hat den Kramerladen voll mit Geweih. Und du, Sonnleitner, du hängst deine Viecherl doch zum Gerben im Garten aus! Und in der Garage!" Brandner lehnte sich zufrieden zurück. Wie ertappte Schulbuben, dachte er und nahm gelassen einen Schluck Bier.

Der Sonnleitner haute als Erster auf den Tisch.

„Ich hab's euch gleich g'sagt! Der Hund kummt uns drauf!"

„Halt's zam, Lederer", schimpfte der Pfarrer. „Großer Gott!"

„Und was jetzt, Brandner?!" Der Kupperl klang kämpferisch.

„Ach wo! Der Gustl, der tuat uns nix", meinte der Baumann mit drohendem Unterton. Als Uhrenlieferant des Erzherzogs und Vater heiratsfähiger Töchter war er besonders auf seinen Ruf bedacht.

Allmählich genoss der Brandner den Wildererkreis. Da dampfte auch schon die Hirschpfanne vor ihm auf dem Tisch.

„Geht aufs Haus", knurrte der KuK. „Und der Schnitt auch!"

„Das sind halt die schönen Seiten", lachte der Brandner, „bei der Polizei!"

„Lass dir's schmecken, Kieberer", grinste der Sonnleitner säuerlich.

„Du lasst echt nix aus, Brandner", meinte der Kupperl bewundernd.

„Kein Rückgrat!", schimpfte der Pfarrer als Einziger. „Genau wie der Grün!"

„Genau, der alte Grün! Den z'druck ich, den Wicht!"

Zum Beweis packte der Baumann eine Kaisersemmel aus dem Körbchen und presste sie mit seiner riesigen Faust zu Brei.

„Was ist mit dem Grün?", fragte der Brandner betont gelangweilt und tunkte die nächste Semmel ins Hirschragout.

„Na, der huckt immer dort drüben! Bei den Jägern." Der Pfarrer deutete flüsternd zum Hochtisch nahe der Bar.

„Saureich, der Grün!", wusste der Sonnleitner. „Bei all den Millionen lässt der kein Kitzerl mehr übrig für uns. Genauso wie der feine Baron!"

Alle sahen hinüber zum Jägertisch. Der alte Buck tat, als hätte er nichts bemerkt. Doch kurz darauf zählte der Herr Baron die Münzen auf den Tisch und verließ das Lokal.

„Der Grün ist noch viel schlimmer!", schimpfte der Baumann, als der Buck draußen war. „Knausrig bis dorthinaus. Aber kommt immer nur her zum Stänkern. Sogar zu uns an den Tisch!"

„Justament am Montag, wo wir unseren Stammtisch haben", bestätigte der KuK. „Der Streithansl, der!"

„Wen wundert's? Ein Piefke!", gab Pfarrer Sams zu bedenken.

„Ach wo. Der ist doch in Gmunden geboren!", rief der Kupperl. „Und jetzt kauft uns der Grün den Wald weg."

„A echte Sau!"

„Gestern hat er gar dem Janisch eins übergezogen!", rief der KuK-Max und deutete nach hinten ins Stüberl.

„Dem Johnny?!" Der Kupperl riss die Augen auf.

„Unserm Janisch! Selbst hab ich's g'sehn!" Der KuK ballte die Faust. „Der war grad beim Nachtmahl, da hat der Grün dem armen Buam eine gewichst! Von hinten! Dem Johnny hat's die Brillengläser ins Rehgulasch reingetunkt ..."

„Und warum?", fragte der Brandner zwischen zwei Bissen, bemüht sein Interesse zu verbergen.

„Ist halt so bei uns, Brandner. Wie ich jung war, da gab's eben noch a g'scheite Rauferei!"

Der Juwelier Baumann schwelgte in der Erinnerung. Er war für seinen Jähzorn bekannt.

„Und der Janisch?", fragte der Inspektor, der nicht wollte, dass der KuK den Faden verlor.

„Na, bewusstlos. Wir haben uns um den Johnny gekümmert. Da ist der Grün abgehaut."

„Den hau ich her, den Grün! Hinterrucks! Feiges Schwein!"

„Reg dich ab, Juwelenputzer", sagte der Brandner.

„Was heißt's? Ich reg mich ja grad erst auf!" Baumann bekam den bekannt roten Kopf.

„Keine Sorge. Der kommt nimmer, der Grün." Er schaute jedem am Stammtisch fest ins Gesicht. Alle starrten ihn an. „Ihr werdet es ja ohnehin bald erfahren ... tot ist er, der Grün!"

Die Stube war still.

Der Brandner packte seinen Notizblock. Er gab ihnen Zeit, die Mordsnachricht zu verdauen. Unter all den Anwesenden, die allesamt mehr oder minder Verdächtige waren, entschied er sich für den Wirt. Hielt ihn mit ein paar Strichen fest.

Jeder starrte ins Krügerl. Als Erster fand der Kupperl wieder das Wort.

„Und wie ist der ...?"

„Es war eindeutig Mord."

„Erschossen, stimmt's? Das alte Schwein!", fuhr es dem Baumann heraus.

„Das ist bestimmt im Wald passiert!", rief der Kupperl.

„Von wegen im Wald. Mord im Stadtmuseum. Mitten am Tag!", klärte der Inspektor sie auf.

„Jessas, die arme Grimm!" Der KuK klatschte die Hände über dem Kopf zusammen.

„Hat er sich elektrisiert?", wollte der Pfarrer wissen. „Der hat doch da immer an seinen Vitrinen herumge-

spielt. Und wir wissen doch, wie's da um die elektrischen Leitungen steht."

„War's Notwehr? Er hat immer die hübschen Museumsdamen bedrängt. Die eine hat ihn erschlagen!", mutmaßte der KuK.

„Sag schon, Brandner!"

„Wer hat den Grün abgemurkst?!"

Alle Augen am Tisch fixierten den Chef der Salzkammergutpolizei.

„Fachmännisch ausgeweidet. Grausam erstochen!", schoss der Brandner in die Runde zurück. Er sah jedem der Reihe nach ins Gesicht.

„Aber wenn's ein Mord war", rief der KuK, „dann musst du doch schon Verdächtige haben!"

Der Brandner sah ihn bedeutungsvoll an.

„Was willst hier, Sheriff?“, fragte der Kupperl bedrohlich leise.

„Er war ja nicht grad beliebt da bei euch, gell?“, setzte Brandner fort. „Zum Beispiel, du Pfarrer. Hast doch jedes Jahr knapp verloren gegen den Grün, beim Gamsjagaschießen!“

„Hör auf, Kieberer!“ Der Sams schüttelte den Kopf. „Aus der ganzen Welt kommen s’ daher. Die besten Schützen! Wenn man da auf jeden neidisch wär ...“

„Da geht’s doch um ganz schön viel Geld. Und jedes Jahr holt sich’s der Grün!“

„Und wenn schon!“ Pfarrer Sams reckte die Faust. „Um die Ehr geht’s! Nur um die Ehr!“

„Macht eh kan Spaß mehr, die Knallerei. Wo der Grün nicht mehr da ist“, knurrte der Kupperl.

„Und du trink dein Bier, Brandner“, drohte der Baumann. „Und hör auf mit der Fragerei!“

Lächelnd steckte sich der Brandner den letzten Bissen Hirsch in den Mund. Sie wurden also langsam nervös.

„Fahr doch zum Geier raus“, flüsterte der KuK ihm ins Ohr, „nach Goisern. Der hat dem Grün eine gepickt!“

„Genau!“ Der Kupperl maulte dem Brandner ins andere Ohr. „Ein Dirndl in jedem Ort, hat der Grün geprahlt. In Goisern, beim Wildererball!“

„Was war denn mit dem Geier?“, fragte der Brandner zwischen zwei Schlucken den KuK.

„Ah geh! Um seine Christl ist’s gegangen. Da ist der Geier halt ausgezuckt. Aber von mir weißt du’s nicht.“ Damit schlug sich der Wirt auch schon das Handtuch über die Schulter und trollte sich hinter die Schank.

Der Brandner schaute in die verschlossen dreinblickende Runde. Da war heut nichts mehr zu holen. Er winkte in die Runde und erhob sich.

„Pass bloß auf, Gmundner ..." Der Kupperl grinste böse über den Tisch. „Das nächste Hackl ist vielleicht deins!"

„Du drohst mir?", rief der Brandner. Mit einer Behändigkeit, die ihm niemand zugetraut hatte, war er um den Tisch gesprungen und hatte den Zeitungsmann schon am Krawattl gepackt.

„Nein, Kupperl ...", zischte er dem Ischler ins Ohr. „Pass du auf! Ich komm zu dir ... verlass dich drauf!"

Damit ließ er den Kupperl los und war hinaus bei der Tür. Der Spuk war vorbei.

Doch kaum auf der Straße machte der Inspektor schon wieder kehrt.

„Drecksschnüffler", drang es durch die Flügeltür zu ihm heraus.

„Dem haben wir's gegeben!"

„Burschen!", tönte der KuK. „Lasst's mir den Brandner in Ruh. Der einzige Gmundner, der noch was taugt."

„Genau. Der tut ja nur seine Pflicht!" Das klang nach dem Baumann.

„Hoffentlich tut er dem Johnny nix", ängstigte sich der Pfarrer. „Himmelvater, steh bei!"

„Beten hilft nix, Sams!", rief der Baumann.

„Weil der Johnny halt auch immer so schnell den Revolver zieht", jammerte der KuK.

„Der Brandner sagt aber, dass man den abgestochen hat!"

„Was ein echter Wilderer ist, der kann auch mit dem Messer umgehen", wischte der KuK den Einwand beiseite.

„Meine Brüder!“, donnerte der Pfarrer los. „Ihr kennt ihn, der Johnny könnt keiner Fliege was tun!“

„Der Geier war's“, blaffte der Kupperl. „So viel ist fix.“

„Ob's der jetzt war oder nicht“, schloss der Wirt, „gut, dass er weg ist, der Grün!“

Alle Krügerl stießen zusammen und die Stille nach dem Trinkspruch trat ein.

„Burschen“, frohlockte der KuK, „morgen gemma in den Wald. Jetzt wo der Grün weg ist, schieß ma ihm seine Hirschen zam!“

Jemand stimmte das Wildererlied an und aufs Neue stießen die Krügerl zusammen. Langsam kehrte wieder die Fröhlichkeit ein. Der Brandner jedoch machte, dass er davonkam. Froh den wilden Waldmenschen entronnen zu sein.

7.

Diese Wilderer, spukte es in Brandners Kopf. Den Birngruber hatte er auf Zeugensuche geschickt, er selbst ging in Gedanken nochmal alle Verdächtigen durch. Den Pfarrer schloss er aus. Der brachte im Rausch höchstens ein paar Rebhühner um. Auch der Baumann schien Ärger mit Grün gehabt zu haben. Doch setzte der Juwelier des Kaisers seinen Ruf für einen tödlichen Raufhandel aufs Spiel? Wohl kaum. Der Brandner seufzte. Er war noch ganz am Beginn seiner Inquisition. Schlenderte am Kurpark entlang. Kurz vor *Börnis Burger*, Ischls beliebtem Stehbeisl, bekam er auf seinen Hausburger Lust.

„Griaß di, Brandner!“ Der Schneider Schauer schnitt ihm den Gehsteig ab. „Eine Tragödie. Der Grün hat doch nur das Beste für Ischl gewollt. Wer tut so was?“

„Den kriegen wir schon, Schauer. Der Birngruber geht gerade allen möglichen Zeugen nach. Um die verdächtigen Personen kümmere ich mich selbst.“

„Aber das ist ein Mord! Da hat nicht nur irgendwer einen Kebab geklaut.“

„Kebab?“, brummte der Burger-Börni aus seiner Holzhütte. „Wir haben nur Burger hier!“

„Grad im Museum war er der größte Spender!“ Der Schauer baute sich geschäftig vor dem Inspektor auf. „Die vielen Leihgaben, die ganzen Kaisertrophäen. Sogar alle Vitrinen hat der Gmundner erneuert!“

„Ein Münchner war er! Kein Gmundner mehr“, stellte der Brandner richtig.

„Wurscht“, knurrte der Schauer.

„Wurscht?!“, ärgerte sich der Börnie erst recht. „Dein Spezial, extra Chili! Geht auf Haus wie immer.“ Der Standlwirt hielt ihm die dampfende Fleischsemmel hin.

„Dank dir“, grinste der Brandner und biss in das perfekte Dessert zum Hirschragout. Den Schauer vor sich her schiebend machte er sich wieder auf seinen Weg.

„Denk dran“, rief der Wirt seinem Stammgast nach, „keine Fleischkontrolle ohne Anruf!“

Der Inspektor winkte verlegen und verabschiedete den Schneidermeister mit vollem Mund. Er entschloss sich zum Spaziergang nach Kaltenbach. Dort kamen ihm meist die besten Gedanken. In der Au.

Wilde Mordtheorien wälzend wanderte der Brandner dahin. Er hatte das Ortsende erreicht, da tat sich vor ihm das neue Fußballstadion auf. Ein Ungetüm. Ein Alien. Wie ein Wesen aus einer fernen Welt kam es dem Brandner vor. Da bemerkte er den Bürgermeister, ermattet vom Training am kleinen Übungsplatz. Zwischen dem letzten Baum der Au und dem neuen Radargerät saß er am Rasen und betrachtete glücklich sein neues Reich. Leise machte der Inspektor kehrt. Er kam nicht weit. Bald hörte er heftiges Schnauben hinter sich.

„Halt, Sheriff! Hab ich dich!"

Anstatt einer Begrüßung hatte ihn der Blitzer Hans an der Schulter gepackt. Mit rotem Kopf legte er los.

„Ein Mord, Brandner, und was tuat's ihr?"

„Mit Verlaub, Bürgermeister. Wir ermitteln ja schon."

Dienstfertig hatte der Inspektor sein Notizbuch gezückt und tat so, als würde er sich den Auftrag notieren. Tatsächlich zeichnete er in schnellen Strichen den Blitzer hinein.

„Mord bei uns! Eine miesere Publicity gibt's ja nicht! Wofür bezahlen wir dich!?"

Der Brandner senkte ergeben den Blick. Er brauchte ein Ablenkungsmanöver und deutete schnell zur Kaltenbachau.

„Echt gschma, das neue Stadion."

„Ein Volltreffer halt!", strahlte der Blitzer übers ganze Gesicht. Neben der Verkehrsberuhigung war die neue Arena sein süßestes Wahlzuckerl gewesen. Nur das Seniorenreisebüro im Ort und die *Kleine Kaiserpartei* KKP rund um Spitzenkandidat Karl Grinser hatte sich dagegengestellt. Doch am Wahltag hatte man über die *Grinser for Governor!*-Lobby triumphiert und dann nicht lange gefackelt.

„Champions-League-reif, die Blitzer-Arena! Im nächsten Spiel panieren wir die Gmundner. Volles Haus!" Blitzers Auge leuchtete feucht. Selbst mit fünfzig galt er als legendärer Edeljoker. Als Abstauber der Kampfmannschaft. Dann fiel es ihm wieder ein.

„Aber der Mord! Dieser Braun ist ja wohl Münchner gewesen. Ein Mörder aus Bayern! Schon mal daran gedacht?"

Grün, nicht Braun. Brandner musste innerlich grinsen. Und natürlich hatte er daran gedacht. Doch er hielt es für klüger, die Klappe zu halten. Das bayerische Kriminalamt würde sich noch früh genug einmischen.

„Ich will, dass du hinfährst", stieß der Blitzer nach. „Denk an die Hypo. In München liegt der Skandal!"

Der Inspektor nickte ergeben. Die Riesenpleite der Hypotheken-Bank war tatsächlich eine Mordsschweinerei. Da hatten die Bayern der heimischen Finanz eine miese Bank untergeschoben. Mit dem toten Grün hatte das Debakel aber nun rein gar nichts zu tun.

„Hab schon mit dem Oberbürgermeister telefoniert, Brandner, den kenn ich. Da gibt's einen Kommissar Milani am bayerischen Amt. Vollprofi! Anders als euer Haufen! Du meldest dich da, bei Milani, klar?"

„Klar."

Wieder nickte er ergeben, Blitzer schien endlich zufrieden. Er hob noch einmal den Finger und gab grußlos Gas. Schlecht gelaunt wanderte der Inspektor Blitzers E-Bike hinterher zum Ortszentrum zurück.

Ha! Der führte sich ja wie ein Kaiser auf. Der ganze Ort war mit neuen Radarfallen bestückt. Autos raus, hieß Blitzers zweites Lieblingsprojekt. Überall Tempo dreißig. Geisterüberwachung sagten die Ischler dazu. Keiner konnte sich das ständige Blitzen mehr leisten. Sogar der Ortskaiser selbst ritt nur mehr seinen Drahtesel aus. Der Brandner seufzte.

Nun gut, er würde diesen Milani aufsuchen. Dann hatte er wenigstens vor dem Bürgermeister erst einmal Ruh.

8.

Während sich der Brandner seinen Ärger über die Dienstweisung von der Seele spazierte, marschierte der brave Birngruber einen Steinwurf weiter mit leichtem Fuß durch den Ort. Er hatte den armen Franz zur Kaiservilla begleitet. Staatseskorte ausgeführt! Nun waren die möglichen Zeugen dran. Das ganze Dorf befragen, hatte der Chef befohlen. Ein Riesending!

Vom Kaiserapotheker bis zum Kaiserhutmacher passierte er alle Geschäfte. Doch keiner hatte bisher vom toten Münchner im Museum erfahren. Keiner etwas

Verdächtiges gehört. Schon gar nichts gesehen. Und das Glockengeläut zu Mittag hätte man für ein Werk später Hochzeiter gehalten. Enttäuscht fragte sich der Wachtmeister weiter durch den ausgestorbenen Ort und erreichte die historische Trinkhalle. Jetzt kam noch die Pfarrgasse dran.

„Alleweil vergesst's was, ihr Mannerleit!", schrie Annie Kurz ihrem Geliebten auf offener Straße hinterher. „Den Gamsbart bringst mir, den Kaiserhut!" Alles musste man ihm zweimal anschaffen, dachte sie sich und stieg wieder zur Leiter im Schaufenster von *Annies Buchladen* hinauf. Der Ernst nickte nur brav und trollte sich gemütlich. Doch er wanderte in Richtung Friseurgeschäft und grinste sich eins. Herrgott, die Annie, die hatte heut wieder ein Temperament.

Ein Temperament, die Annie!, dachte sich auch der Birngruber und brachte seine hundertfünfzig Kilo vor ihrem Schaufenster in Position. Genau seine Kragenweite, die Annie. Was der Haarschnipsler konnte, das konnte ein Josef Birngruber allemal!

„Jessas! Du auch noch!", rief das dunkle Vollblut erbost, als sie den Wachtmeister am Fuße der Leiter sah. „Ich weiß eh, was du willst! Die haben euch den Grün abgemurkst", setzte sie nach.

„Stimmt schon. Jetzt muss ich's halt aufklären. Den Mörder fangen!"

Der Birngruber streckte die Brust heraus.

„Jo mei, ich hab ihn ja g'sehn!"

„Wen g'sehn?"

„Sag, bist du bei der Kieberei oder ich?" Zornig deutete sie auf ihr Werk. „Seit halb acht steh ich da zum Dekorieren und schau raus auf die Gassen. Na freilich hab ich den Killer g'sehn!"

Der Birngruber tat zerknirscht und bewunderte die Schaufensterdekoration. Kaiserdirndln, Lederhosen, Bierkrügerl ...

„Es geht ums Oktoberfest, gell? Wunderschön!"

„Ich hab den Killer g'sehn", beharrte die Buchhändlerin und nickte versöhnt. „Vorbeig'hirscht ist der bei mir!"

Auf den Birngruber gestützt kletterte sie die Leiter herab. Der starrte sie verliebt an.

„Also sag, Annie, wie hat der denn ausgeschaut?"

„Na, ein Killer halt. Ein Fremder war's! Na, wer sollt's denn sonst gewesen sein?!"

Recht hatte die Annie. Ein Fremder fiel auf da im Kaiserdorf. Außer Saison!

„Was hat er denn Besonderes gehabt?"

„Na ja, einen hellen Rock! Weißt eh, so einen Schladminger. Und einen Vollbart hat der gehabt. Riesengewächs! Man hat gar nix mehr g'sehn vom Gesicht." Die Annie winkte gebieterisch, der Birngruber klappte ihr die Leiter zusammen.

„Groß oder klein?"

„Na, ein Riese halt, zwei Meter groß! Mindestens so wie der Ernst."

Der Birngruber verzog die Nase. Schon wieder der Haarschneider!

„Erst schleicht der nur so die Pfarrgasse daher", fuhr die Buchhändlerin fort. „Als ob der was zu verbergen hätt, hab ich mir g'sagt."

„Wie das?"

„Na, der hat ja nicht links und nicht rechts g'schaut. Kein Schaufensterblick, nicht einmal in meine Auslage!"

„Aha!"

„Wie der dann zurückkommt, da hat er's plötzlich ganz eilig g'habt! Ein Pfeil durch die Pfarrgasse, eiskalte Augen. Wie der Tod!" Die Annie schüttelte sich.

„Ich dachte, du hast nichts sehen können, wegen dem Bart?"

„Ach wo, ein Blutsaugergesicht! Jetzt wird mir noch schlecht, wenn ich dran denk."

Sie sank dem Birngruber gekonnt in die Arme.

„Du kannst aber zupacken. Fast wie der Ernst!"

Der Birngruber ärgerte sich und stellte die Kleine gerade.

„Dank dir, Annie, war echt gschma von dir!" Damit klappte er das iPad zusammen.

„Du, Birngruber ..."

„Ja?"

„Eins sag ich dir."

„Was?"

„Schad ist's nicht. Um den Grün."

„Jessas, Annie! Versündig dich nicht!"

„Ach geh. Wo der Alte mir überall hingegriffen hat! Der geile Bock!"

Die arme Annie ... Vor Empörung brachte der Birngruber kein Wort heraus.

„Gut möglich, dass mir noch was einfällt", meinte sie und verschwand schon halb im Buchladen, „beim Glaserl Wein, wer weiß ..."

Der Seppi warf sich in Positur. Sie warf lachend die Tür zu.

Eine Minute stand er da wie angegossen und dachte nach über Annies eindeutiges Angebot. Und über ihr Wangenbussi. Doch da sie sich nicht mehr blicken ließ, trollte sich der Wachtmeister seufzend auf seinen Vernehmungsstreifzug durch das Kaiserdorf.

Als der Birngruber endlich im Esplanaden-Zauner eintraf, saß der Schneider Schauer schon wieder am Stammplatz und freute sich an der Nachmittagssonne. Der Seppi freute sich nur auf ein Bier!

„Darf ich?"

Keuchend vor Hitze nahm er bereits Platz. Der elegante Schneiderpatron schob seine Wollknäuel zu sich und der Birngruber aktivierte das Aufnahmegerät.

„Du hast doch bestimmt was gesehen, Schauer", begann er. Schließlich hatte der ja vom Gartenstuhl aus bequem den Museumseingang im Auge. Der Schneidermeister nickte beklommen.

„Mein Lebtag hab ich nix Schlimmeres g'hört als wie von unserm Kaiser den Schrei!"

„Armer Franz", nickte der Birngruber und deutete zum Museum hinüber. „Und armer Grün!"

„Ich hab den Alten vom Sehen gekannt. Kam immer ganz früh dahergeschlurft. Genau wie heut ..."

„Wann war das?"

„Na so um halb acht. Da hat der Grün noch sein Vortragsplakat herausgestellt. Kurz drauf ..." Der Schauer bekreuzigte sich.

„Was weiß man vom Grün? Ich meine, wie war denn sein Naturell?"

„Na ja, will nix Schlechtes sagen. Jetzt, wo der tot ist. Aber der Zauner hat den Grün immer wieder mal aus dem Café geworfen, wenn der randaliert hat. Waldviecher, Wildererg'sindel, Untermensch. So hat der Grün oft dahergeschrien. Und jetzt ..." Der Schauer schüttelte den Kopf, als könnte er all das nicht begreifen.

„Wieso hat man den hier geduldet?", fragte der Birngruber, der daran dachte, dass jeder zweite Ischler eine Büchse im Schrank versteckt hielt.

„Ach wo, der Grün war halt so! Am nächsten Tag redete der wieder normal. Außerdem kam der ja nur zur Jagdzeit her. Hatte ja ringsum seine Wälder ..."

„Grüß dich, Herr Landrat!", rief der Schauer freundlich und winkte einem wohlgenährten Angler. Hinter der Schulter des Wachtmeisters hängte der bekannte Bayer seine Rute in die vorbeifließende Traun.

„Und wovon hat der gelebt?" Der Birngruber konnte sich nicht vorstellen, wie ein Büchsenmacher ein eigenes Jagdrevier unterhielt.

„Der Grün?", lachte der Schauer. „Na, von den tausend Arbeitern! *Grün's Geschoßwaren*. Jagdgewehre, Handfeuerwaffen, Boden-Luft-Raketen! Der totale Krieg!" Der Schneider hatte sich in Fahrt geredet. Ließ eine Masche fallen und fluchte laut. „Hat sich extra noch einen Jagdrock anmessen lassen, für die nächste Pirsch. Ja, wer zahlt mir den Rock jetzt? Hä?!"

Erbost legte der Alte die Wolle in seinen Schoß und blickte am Wachtmeister vorbei in die Berge, als wäre dort oben die Antwort zu finden.

„Grüß Gott, Frau Gräfin, habe die Ehr!"

Ein Schneiderlächeln blitzte über Schauers Gesicht. Die blasse Schönheit mit Wespentaille flanierte an ihnen vorüber. Der Seppi blickte dem Dirndl nach, auch er wusste keinen Rat. Schön langsam kam er sich selbst wie der Schauer vor. Einer, der tagein tagaus am selben Platz saß, jeden grüßte und seine Gasse im Auge behielt.

Seufzend klappte der Birngruber sein iPad zusammen und leerte sein Bier. Der Mann im Schladminger blieb wohl die heißeste Spur. Jetzt konnten sie loslegen. Nur schade, dass der Chef gerade so unter der Fuchtel stand. Na ja, der Brandner und die Frauen. Das war ein Kapitel! Und das mit der Susi wurde todsicher noch verdammt kompliziert auf dem Revier ...

9.

Inspektor Gustl Brandner fuhr die schmale Forststraße hinauf. Wie ein Vermächtnis klimperte Grüns Schlüsselbund in seinem Hosensack. *Goldener Heinrich* hatten die Ischler den Alten genannt. Wegen seines sagenhaften Reichtums und der Größe seines Reviers. Der Fabrikant wäre ja in der Tat ein lohnendes Opfer gewesen. Doch wozu hatte man ihn gerade im Museum umgebracht? Um ein altes Jagdhorn zu stehlen? Und Grüns zweite Leihgabe, einen unhandlichen schweren Sisi-Kopf? In den anderen Vitrinen hatten sich viel wertvollere Dinge befunden. Und in Grüns einsamem Jagdhaus wohl auch.

Gegen das Raubmotiv sprach auch die grauenhafte Art, auf die Grün ums Leben gekommen war. Für schnelle Beute hätte ein Fesseln und Knebeln des alten Mannes genügt. Man hätte ihn nicht minutenlang quälen müssen. Jedenfalls hatte der Täter gewusst, dass sich sein Opfer so früh am Morgen alleine im Museum aufhalten würde.

Brandner drängten sich andere Tatmotive auf. Etwa Grüns Hang zur Damenwelt. Hatte jemand Rache am bekannten Frauenhelden genommen? Nun, dann hätte er sich dafür wohl einen stilleren Ort ausgesucht. Das Stadtmuseum lag an der Esplanade mitten im Ort!

Dubiose Geldquellen kamen als Täterkreis gleichfalls in Frage. *Grün's Geschoßwaren* lebte vom weltweiten Geschäft mit dem Tod. Als Waffenhändler kämpfte Grün selbst mit harten Bandagen und so hatte er sich im Laufe des Lebens vermutlich genug Feinde erworben. In diesem Fall lag die Lösung des Falls vielleicht in München. In den Akten des Waffenkonzerns.

Schließlich malte sich der Brandner noch die Geschichten der Wilderer im KuK-Wirt aus. Keiner hatte getrauert um den alten Grün. Im Gegenteil. Von Raufereien am Stammtisch war die Rede gewesen. Von Grüns Geiz und übler Gesinnung. Vor allem eines war den Ischlern verhasst gewesen am alten Grün: die Ausdehnung seiner Jagdgründe. Was also lag näher als eine Blutrache der Wilderer?

Derlei Fragen kreisten also in Brandners Kopf, als er in einiger Entfernung das kaisergelbe Jagdhaus vor sich liegen sah, umfangen vom Zauber des Offensees. Der Inspektor verweilte kurz. Früher hatten ihn die Jagdtouren des Vaters bisweilen an diesen Glücksplatz geführt. Nun lockte ihn der Tod in Grüns Jagdrevier.

Das Jagdhaus selbst lag leicht erhöht am Waldrand, majestätisch überragt vom Toten Gebirge. Mit der zugehörigen Kapelle und dem niedrigeren Gesindehaus erschien es fast als stattliches Anwesen. Er erreichte den geschotterten Vorplatz. Da sah er es. Die Tür war aufgebrochen!

Angespannt griff der Brandner ins Halfter. Nahm seine Glock heraus und entsicherte sie. Ein kräftiger Fußstoß riss die eiserne Türangel vollends aus dem Holzrahmen und gab den Weg ins Zwielicht frei. Rechts im Vorraum war ein Schalter. Doch das Licht ging nicht an. Er wagte sich vorwärts. Die halbdunkle Operation kostete ihn höllisch Nerven. Nach fünf Minuten atmete er auf. Als Letztes hatte er das Badezimmer im oberen Stock gesichert. Er steckte die Glock weg und streifte sich die Gummihandschuhe über.

Erst mal ein Stamperl! Grüns Hausbar war gut sortiert. Er leerte sich einen der Brandys ins Glas. Ein guter Tropfen! Das Beste gegen das Adrenalin, fand der Inspektor und setzte sich auf einen der Holzstühle am Bauerntisch. Er dachte nach. Eine aufgebrochene Tür, ein ungesicherter Tatort. Er war alleine im Wald. Schließlich holte er das Diensthandy heraus.

Umständlich wählte er Birngrubers Nummer und gab die nötigen Befehle durch. Die Tür musste provisorisch versperrt und versiegelt werden, zur weiteren Schadensbehebung wurde ein Schlosser gebraucht. Der Seppi versprach Holzbretter, Nägel und Vorhängeschloss mitzunehmen, den Handwerker zu verständigen und sofort loszufahren.

Der Brandner verabschiedete sich und schloss die Augen. Dann goss er sich noch einen Brandy ein und genoss den leicht herben Duft des Weinbrands. Das

Aroma wanderte wie dunkle Schokolade an seinem Gaumen entlang und kroch ihm herrlich leicht in die Nase. Dankbar gedachte er dem alten Grün und fühlte, wie allmählich Ruhe in ihm einkehrte.

Kurz spekulierte er mit einem dritten Glas. Doch dann entschied sich der Inspektor dafür, erst die Untersuchung durchzuführen. Zur besseren Entspannung wählte er den grünen Ohrensessel im vorderen Eck des Herrenzimmers. Zum Wald hinaus. Der Brandner legte die Füße über den Schemel und schloss die Augen. Langsam strömten die Düfte in sein Nasensystem.

Eine schmierige Note trat dem Brandy hinzu. Etwas Altvertrautes. Schon im Museum hatte er einen Hauch davon erkannt. Der Brandner schlug die Augen auf und entdeckte die Flasche auf der Kommode. Ballistol war auch das Waffenöl seines Vaters gewesen. Er schloss wieder die Augen. Von der Türe drang der Duft des feuchten Waldes herein ...

Doch erst das Knarren ließ ihn wie gestochen hochfahren. Er schoss in die Höhe und zum Ausgang. Natürlich fiel er dabei über den Schemel. Vom Boden aus sah er einen dunklen Schatten. Er huschte hinter seinem Rücken zur Türe hinaus.

Trotz der Schmerzen war er mit wenigen Schritten im Freien. Stellte dem Flüchtenden nach. Griff bereits nach der Gestalt, bevor sie sich am Waldrand in die dunklen Büsche schlug. Ein Schritt noch, da hatte er den Mann von hinten am Krawattl gepackt. Sie gingen zu Boden. Der andere war untersetzt und schlank. Steckte in einem dunkelgrünen Jagdrock und hatte sich das Gesicht schwarz angemalt.

„Der Kupperl!“, zischte der Brandner überrascht.

„Jessas! Der Brandner!“, keuchte der Redakteur unter ihm. Erschrocken verbarg er sein Rußgesicht.

„Hab ich dich!“, brüllte der Inspektor den Eindringling an. „Einbruch! Hinderung polizeilicher Ermittlungen!“

„Ach geh, Depperter!“

„Gratuliere“, stellte der Brandner kühl fest, „kommt noch Beamtenbeleidung dazu!“

Er drehte dem Ischler Zeitungsmann den Arm auf den Rücken und presste ihm das schmerzverzerrte Gesicht in den Waldboden.

„Was hast du mitgehen lassen? Spuck's aus!“ Diesmal kam ihm der Klatschreporter nicht ungeschoren davon.

„Nix hab ich! War ja gar nicht drin!“ Der Kupperl bekam eine Hand frei und deutete zur kaputten Tür. Jetzt log ihm der auch noch frech ins Gesicht! Empört packte der Brandner fester zu.

Er brachte den Kupperl ins Jagdhaus zurück. Setzte ihn auf den Holzstuhl und schnallte seine rechte Hand am antiken Bauerntisch fest. Brandner selbst nahm im deutlich bequemeren Veloursfauteuil Platz und das dritte Glas Brandy zur Hand. So lagen ein paar Meter zwischen dem Kupperl und ihm an der Tür.

„Also, was hast du da zu suchen?“

„Ach geh, Brandner ...“, probierte es der Schmierfink. „Ist doch mein Job, das Recherchieren. Reporter und Kieberer. Wir sind doch ganz gleich.“ Er grinste anbiedernd. „Das war doch dein Freund. Der hat den Zund gegeben! Der Dicke!“

„Der Birngruber?“

„Sag ich doch! Der Beinklauber hat's ausgeplaudert! Hat im Zauner geprahlt mit eurer heißen Spur. Da bin ich halt raufgefahren zum Wald.“

„Und zur Gaudi malst du dir das ganze Wildererzeug ins Gesicht? Ach hör mir doch auf!" Der Inspektor musste lachen. Wider Willen. „Das werden wir ja sehen. Wachtmeister Birngruber ist fast da." Der Seppi mochte ja nicht der Schlaueste sein. Aber eines war der bestimmt nicht: undicht.

Zum Zeitvertreib hatte der Inspektor das Notizbuch gezückt. In raschen Zügen hielt er den kleinen rußigen Mann fest, der wehmütig ins Freie sah.

„Das wird a klasse G'schicht", drohte der Kupperl. „Die Leser werden begeistert sein!"

„Ach woher", konterte der Brandner gelassen. „Einbrecher und Wilderer. Gewöhnliche Verbrecher interessieren doch kaum."

„Ha! So geht's doch nicht", rang der Kupperl verlegen um einen Vorteil. „Der Ischler Mittwoch hat doch ein Recht ..."

„Jetzt schieß ma ihm seine Böck!, hast du geschrien. Jetzt, wo der Grün tot ist ..."

„Nicht ich! Das war der ..." Zu spät biss sich der schwarze Mann auf die Zunge.

„Der KuK-Max", ergänzte der Brandner zufrieden und nippte genüsslich am Brandy. „Jetzt sprichst du die Wahrheit, Kupperl. Schön gesungen, euer Wildererlied. Kaum dass ich draußen war."

Der Reporter wusste nicht weiter und zog sein überhebliches Grinsen auf.

„Schlussaus!" Den Brandner packte der Zorn. Er kämpfte mit sich, den Mann dort drüben nicht grün und blau zu hauen. „Du sagst jetzt sofort, was du gefunden hast! Besser für dich."

„Aber die Pressefreiheit ...", wimmerte der Kupperl und versuchte sich zu befreien. Der Brandner schoss hoch und hatte ihn am Krawattl.

„Also gut. Ich sag's!"

„Spuck's aus!" Knurrend lockerte er seinen eisernen Griff.

„Ich sag's ja ...", keuchte der Kupperl geknickt, „zwei leere Kisten."

Der Inspektor packte von neuem zu.

„Ich schwör's! Im Schlafzimmer. Links im Boden das Loch ..."

Brandner prüfte die versperrten Handschellen und ging in den Nebenraum. Es stimmte. Hinter dem Bett waren zwei Bretter der Dielen zur Hälfte herausgebrochen. Ein Loch von etwa vierzig mal fünfzig Zentimetern. So weit, so gut. Er ging zurück.

„Wo sind die Kisten?"

„Hab sie mit rausgenommen beim Weglaufen. Rechts am Wald. Einer der Buschen! Dort liegt's!"

Wieder ging der Brandner nachschauen. Unter dem ersten Haselstrauch am Waldrand lag eine Blechkiste am Boden. Ein paar Meter weiter entdeckte er die zweite. Etwas größer als Bananenkisten. Aufgezwungen wie eine Konservenbüchse. Der Brandner zog sein Stofftaschentuch aus dem Hosensack und hob vorsichtig die erste hoch. Leer. In der zweiten schepperte es. Ein Revolver fiel heraus. Behutsam fingerte er die Kisten übereinander. Hievte den alten Armeerevolver darauf und balancierte alles ins Jagdhaus hinein.

„Was war da drin?", fragte er bedrohlich leise, als er dem Kupperl wieder gegenübersaß. Der sagte nichts, starrte jedoch angsterfüllt auf das Schießgerät.

„Also!?"

„Ich weiß es nicht! Alles leer, Brandner, das schwör ich dir!"

„Wieso nimmst du leere Kisten mit?"

„Wieso wohl, Sherlock Holmes?", blaffte der Kupperl. „Fingerabdrücke! Dann hätte ich Abdrücke von Verdächtigen genommen. Verglichen. Fall gelöst!"

Konnte er dem Schreiberling trauen? Viel länger als er selbst konnte der noch nicht hier im Jagdhaus sein. Schließlich waren sie beide etwa zur gleichen Zeit von Bad Ischl losgefahren.

„Hör zu, Brandner", fing der Reporter an, der langsam wieder Oberwasser bekam. „Der Geier war's! Der Goiserer!"

„Der vom Waffengeschäft?"

„Genau der! Verkauft dir Ansichtskarten ebenso wie ein Jagdgewehr. Brauchst keinen Schein. Macht Esoteriksitzungen nebenbei, so was mit sanfter Lichtauratherapie. So ein Dreck! Aber in Wirklichkeit ...", der Kupperl drehte sich ängstlich um, als ob da im einsamen Wald ein Spion umging, „ist der im Wilderergeschäft."

„Und das Motiv?"

„Bärenjagd", flüsterte er. „Da gibt's Dutzende im Revier vom Grün. Die Russen zahlen jede Summe für einen Abschuss. Da steckt auch noch dieser Baumeister drin!"

Der Brandner sah den Kupperl misstrauisch an.

„Außerdem", fuhr dieser fort, „hatte der Grün noch Zoff mit dem Geier wegen dessen Frau. Ein echter Goiserer regelt das mit dem Messer. Der Kerl hat Riesenkräfte im Leib!"

„Du und deine Waschblattl!" Der Inspektor schüttelte amüsiert den Kopf über die Bärenfantasie. „Du schreibst erst wieder etwas, wenn wir eine Pressekonferenz gemacht haben! Klar?"

„Ha! Pressekonferenz, bei dem Bürgermeister! Da geht mir ja jeder Leser stiften, bevor der Blitzer einen Satz fallen lässt."

„Und ich hau dich in den Häfn, bevor du ein Stricherl schreibst. Schlussaus!"

„Also gut." Der Kupperl wirkte eingeschüchtert.

In dem Moment traf Sepp Birngruber ein. Der Brandner bugsierte ihn gleich wieder hinaus und schloss hinter ihnen die Tür.

„Hast du im Zauner dem Schneider Schauer von der Jagdhütte erzählt?"

„Kann sein. Vielleicht einen Satz."

„Über die Schlüssel? Und dass wir uns das genauer anschauen, das Jagdhaus?"

Der Birngruber sah verlegen auf seine Goiserer Schuhe hinab.

„Und war da der Kupperl in der Nähe?“

Offensichtlich dachte er fieberhaft nach.

„Seppi?!“

„Am Nebentisch“, gab er kleinlaut zu. „Aber der hat bestimmt nix gehört!“

Ohne noch ein Wort über die Sache zu verlieren, ging der Brandner wieder hinein und setzte sich mit dem Birngruber an den Tisch. Beide sahen den Kupperl an. Sie warteten, bis der Reporter schwitzend am Hosenboden zu rutschen begann.

„Dein Glückstag“, sagte der Brandner endlich gönnerhaft und schloss ihm die Handschellen auf. „Ich lass dich laufen.“

Erleichtert rieb sich der wildernde Eindringling sein Handgelenk.

„Aber ich brauch deine Fingerabdrücke. Wegen der Kisten.“

Der Birngruber schnappte sich seine Tintenblau-Box aus dem Tatortkoffer und klappte sie vor dem Kupperl auf. Bereitwillig tunkte der Daumen und Zeigefinger hinein und verzierte Brandners Notizbuch damit.

„Alle weiteren Artikel stimmst du mit mir ab. Und zwar vorher!“

„Was krieg ich dafür?“

„Vergiss es, Kupperl!“, knurrte der Inspektor. „Ich lass dich davonkommen. Und du schreibst nur noch, was die Ermittlungen nicht behindert. Alles im Ischler Mittwoch wird mit uns abgestimmt, klar?!“

Der Ischler überlegte.

„Erstes Interview. Exklusiv, wenn ihr den Täter habt!“, knallte er dem Brandner seine Forderung hin.

„Okay.“

„Okay“, grinste der Kupperl. „Dann ... pfiat eich.“

Damit war der schwarze Mann auch schon zur Türe hinaus.

„Schwieriger Typ", seufzte Brandner.

„Hat mich der ausgetrickst", brummte der Birngruber. Sie blickten dem Reporter nach, bis der im Dickicht verschwand.

Nun konnte die Untersuchung des Jagdhauses fortgeführt werden. Brandners Nase litt Höllenqualen in dem engen muffigen Haus. Neben Mottenpulver stieg ein ganzes Bouquet weniger erfreulicher Gerüche in Brandners Ermittlungsorgan und begleitete seinen Gang durch den Nachlass des alten Grün. In jedem Zimmer hingen Tiere ausgestopft an der Wand. Schneehasen aus Lappland, Zwerggazellen aus Kenia. Sogar im Badezimmer wurden sie von den rot glühenden Augen zweier Serengeti-Hyänen verfolgt. Es roch nach altertümlichem Aftershave Marke *Irish Moos*.

Das Schlafzimmer betrat der Brandner erst, als der Birngruber die sperrigen, offenbar kaum je geöffneten Holzfenster aufstieß. Frische Waldluft drang herein. Nun gingen die beiden ans Werk. Spärlich, um nicht zu sagen spartanisch wirkte die Einrichtung in der Art einer Bauernstube. Die Nachtkästchen des doppelten, bemalten Bauernbettes förderten außer den Kleinigkeiten des Alltags nur wenig Interessantes zutage. Ein paar Schundheftln, eine Bibel, ein Fernsehprogramm der Vorwoche, eine Fernbedienung. Gegenüber auf der bäuerlichen Kommode stand ein hochmoderner TV-Apparat. Das zweite Kästchen war offenbar kaum benützt worden. Der Birngruber hielt ein rotes Seiden-Babydoll in die Höhe. Was er noch fand, trieb ihm die Schamesröte ins Gesicht.

Dagegen brachten Küche und Speisekammer nichts außer ein paar lang haltbare Lebensmittel hervor. Offenbar hatte Heinrich Grün hier im Wald wesentlich bescheidener gelebt als außerhalb.

Der Salon, eine Art Herrenzimmer im Erdgeschoß, kam zum Schluss. Die zwei Biedermeierkommoden enthielten ein paar strategische Brettspiele und Patience-Karten. Der Brandner öffnete mit seinem Feitl sogar die durchgesessene Polstergarnitur. Und zwar an jenen Stellen, wo kaum sichtbare Ausbesserungen am grünen Velours durchgeführt worden waren.

Neben den zahlreichen Tierpräparaten hingen noch ein paar Urkunden an der Wand. Ein paar gewonnene Schützenscheiben und Schusswaffen aus unterschiedlichster Zeit. Die jüngste war die Grün Flott 4000, ein topmodernes Repetiergewehr aus militärisch lackiertem Edelstahl.

Ein Dutzend Fotos lockerten die Trophäenwand auf.

„Chef!" Der Birngruber stand vor der kleinen Bibliothek. Er nahm ein Buch heraus und hielt es ihm hin.

„Mein lieber Schwan!", entfuhr es dem Brandner, er sank in den Veloursessel. Nach ein paar Minuten legte er *Mein Kampf* aus der Hand. Viele Passagen von Hitlers Ideen waren sorgfältig unterstrichen und an der Seite von Hand kommentiert.

„Das war's, Seppi", schloss der Inspektor. „Du bleibst für die nächsten Tage in Ischl. Zumindest bis der Gamperl wieder gesund ist."

„Ach, der wird nie ganz gesund. Im Schädel!" Der Birngruber grinste abfällig. Er war nicht unglücklich mit der Anweisung vom Chef. Schließlich war da die süße Annie nicht weit.

„Die leeren Metallkisten schickst du mir ins Labor. Die Linzer sollen sie analysieren. Wozu haben wir die Profiler? Vielleicht bringen die ja heraus, was drin gewesen ist.“ Er lachte ironisch. Schließlich waren die Landeskriminaler nicht als schnellstes Amt in der Hauptstadt bekannt.

„Schick mir noch deine Recherchen“, mahnte Brandner noch zum Abschied.

„Und das Zunageln?“ Der Seppi tippte auf die verwüstete Tür.

„Mach ich schon.“

Der brave Wachtmeister nickte und stülpte sich den knallroten Helm über den Riesenschädel. Schwerfällig schwang er sich auf seine Ducati und brauste über den Waldweg davon.

10.

„Servus, Gustl! Das ist vom Seppi!“ Milli Marek drückte dem eben eintretenden Brandner einen Stoß Mails in die Hand. „Ich bin jetzt dann dahin.“

Modernes Zeug, dachte er. Diese Mails! Allerdings änderte der Inspektor langsam seine Ansichten. Denn was der Seppi aus dem Computerkastl herausbrachte seit dem letzten Volkshochschulkurs, das war schon allerhand!

„Mit diesen Mails hat man ja gar keine Ruh mehr am Revier!“, maulte die Milli wieder am Spiegel und trug noch ein wenig mehr Eyeliner auf.

Schon wieder ein Date!, seufzte der Brandner innerlich. Er wunderte sich schon lange nicht mehr über ihr üppiges Liebesleben. Und nicht darüber, dass sie sich ihr Gesicht wie ein Teenager bemalte. Für immer jüngere Liebhaber! Dabei war Milli Marek schon vierundvierzig und die Lieblingsnichte seiner Haushälterin. Um Rosis Frieden willen hatte er die Milli ja schließlich auch eingestellt.

Müde vom Tag nahm der Inspektor den Stapel Zettel und trollte sich. Seit die Bauarbeiten zur neuen Straßenbahn sie von der Traunbrücke ins alte Seeschloss vertrieben hatten, fühlte er sich im neuen Büro der Salzkammergutpolizei wie daheim.

Gustl Brandners Lieblingsplatz war das uralte Sofa mit Blümchenstreu. Er fiel seufzend in die bestickten Pölster und griff neben sich in die Zwanzigerjahre-Bar – der am Markt teuerste Entwurf einer heute berühmten Designerin, ein Erbstück seines Großvaters. Dankbar goss er sich einen Zirben ins Glas. Sein Blick fiel auf den Balthasar. Der lächelte unergründlich. Wie immer. Warum bist du nicht bei der Kunst geblieben?, schien der Urgroßpapa zu fragen. Wenn auch nur vom Biedermeierbild an der Wand. Der letzte Brandner prostete dem Kunsthändler des Kaisers zu. Er war an Balthasars Tadel gewöhnt. Blickte nachdenklich zum Fenster hinaus. Bald neigte sich der Altweibersommer am See wieder den kürzeren Tagen zu. Ein paar bunte Boote kreuzten noch rund um die Insel. Auch sie rafften bereits die Segel und kehrten zurück in die Marina des Clubs.

Einer würde nie mehr zurückkehren. Der Brandner leerte den zweiten Zirben im Gedenken an den alten Grün. Dann nahm er die Recherchen zur Hand. Der Seppi war fleißig gewesen!

Demnach stammte Heinrich Grün, Jahrgang 1920, aus einfachen Verhältnissen. Der Sohn eines Gmundner

Büchsenmachers erwarb sich scheinbar schon früh den Ruf eines Raufbolds. Bereits in der Schule galt Heinrich als schießwütiger Sonderling, der lieber am werkstatteigenen Schießplatz im Hinterhof des elterlichen Kleinhauses herumknallte, anstatt wie andere seines Alters Fußball zu spielen. Die Lehre in der Büchsenwerkstatt förderte seine Karriere ebenso wie das über Österreich hereinbrechende Dritte Reich. Als Turnbruder beim Turnerbund auf der Gmundner Wunderburg. Bald ging Grün nach München, als einfacher Soldat. Er wurde Gruppenführer, Sturmbannführer, schließlich Obersturmführer in der Waffen-SS.

Als belasteter Karriere-Nazi blieb Grün nach dem Krieg erst verschwunden. Zwei Jahre später sah man ihn in Gmunden gemeldet. Heinrichs Mutter war zuhause verschieden, Adalbert Grün an der Front gefallen. So zog er die väterliche Waffenproduktion alleine wieder hoch. Rätselhaft sei bis heute geblieben, so Birngrubers Bericht, woher das Geld für Grüns geschäftlichen Neubeginn kam.

Mit der Verkaufsparole „Todsicher – Todgrün!" wurde *Grün's Geschoßwaren Ges.m.b.H.* schon nach wenigen Jahren Marktführer für Spezialwaffen, die im unsicheren Nachkriegsösterreich vor allem in den ländlichen Gegenden dringend benötigt wurden. Grün stellte anfangs vor allem Jagdbüchsen her. Dazu kamen im Laufe der Zeit Handfeuerwaffen. Allen voran die Grün 2000. Bei Privatkunden besonders beliebt, vor allem bei betuchtem Klientel.

Es kamen die Achtziger. Die Gründung der *Grün's Deutsche Geschoßwaren AG*. Heinrich war Neunzig-Prozent-Aktionär. Nun lieferte er auch Waffensysteme für die Bundeswehr. Es folgten der Fabriksneubau in München-Untermenzing und maßgeschneiderte Lösungen für viele Militärstaaten der Welt. Auch mit Raketen, ja sogar mit Chemiewaffen wurde *Grün's Geschoßwaren* im Kalten Krieg immer wieder in Verbindung gebracht. Trotz seiner vierundneunzig Jahre hatte Heinrich Grün den Konzern bis zuletzt selbst geleitet, ließ der Konzernsprecher verlauten. Die Nachfolge sei in keiner Weise geregelt. Denn eines hatte das ereignisreiche Leben dem Grün verwehrt. Er starb kinderlos.

Fehlendes Familienglück hatte der cholerische und schillernde Partylöwe durch reges Gesellschaftsleben wettgemacht: als Mitglied mehrerer großteils rechter Münchner Vereine und seit vielen Jahren als zweiter Vorsitzender des elitären Jagdverbandes Salzkammergut. Sein privates Revier hatte sich der Selfmademan nach und nach am Offensee bei Gmunden zusammengekauft. Und in den Wäldern rund um die Ischler Bergwelt.

„Kaffee!?"

Es klang wie ein Befehl. Erschrocken schoss er vom Sofa hoch. Der Zirbenschnaps ergoss sich über Brandners Zettelwirtschaft. Wie üblich hatte die Milli nicht angeklopft. Er verlor kein Wort und bemühte sich, den Aktenstapel trockenzulegen. Die Milli glich momentan ohnehin einem Pulverfass. Schuld war die Sommerzeit, besser gesagt ihre Sommerdiät. Was so viel hieß, dass die Milli für Sommerkleid und Bikinifigur an ihre Grenzen ging! Und allen auf die Nerven. Sie hungerte sich zum Spaghetti herunter, bis sie pünktlich zum Beginn der Winterzeit wieder zu essen begann. Womit Millis sonnige Laune schlagartig wiederkehrte. Der Brandner und der Birngruber wünschten sich also innigst die Winter-Milli zurück.

„Krank gemeldet, die Susi", schnarrte die Sommer-Milli knapp. So schnippisch, dass die Feststellung wie eine Frage, mehr noch wie ein Vorwurf klang. Er riskierte einen Blick in ihr kirschrot dekoriertes Gesicht. Du vergraulst dir doch alle Frauen, schien dieser Blick zu bedeuten. Er wandte sich wieder ab und dachte sich dasselbe über ihre Liebhaber.

„Nun ist sie weg", meinte sie wie ein Orakel. Mit hörbarem Seufzen stellte sie die Kaffeetasse auf die Akten und blieb breitbeinig vor seinem Sofa stehen. Doch der Brandner nickte nur wortlos und senkte den Blick noch tiefer in seine Akten. Nach ein paar weiteren Seufzern, die gleich ergebnislos blieben, schloss sich schließlich wieder die Tür.

Er atmete auf. Das hätte er gerade noch gebraucht! Eine Diskussion über sein Liebesleben. Mit der Milli! Wo ihm doch die Rosi schon ewig damit in den Ohren lag. Aber hatte er gar etwas Mitleid in Millis Augen gelesen? Eigentlich hatte er auf das übliche „Ewig schad, Gustl!" gewartet. Oder gar auf ein „Das haben wir wieder nötig gehabt, hm?"

Nichts! Hatte sie etwa das Wesen Susi Sommer durchschaut? Hatte die Milli von Susis Brutalo-Abgang heute früh gehört? Die Rosi!, schoss es ihm durch den Kopf.

Nachdenklich sah Gustl Brandner zum Fenster hinaus. Die Standesbeamtin vom ersten Stock diskutierte mit dem Fahrer eines Lieferwagens. *Goldberg Vinery.* Eine neue Lieferung für eine der hunderten Hochzeiten im Schloss Orth, Österreichs meist gebuchtem Standesamt. Der Brandner beobachtete, wie zwei alte Touristen mit verschränkten Fingern über die Brücke heranschlurften. Sie freuten sich aneinander. Fotografierten sich. Bestaunten das uralte Wasserschloss.

Plötzlich war alles wie damals. In Rom. Er roch Stellas Parfüm. Sie hatten sich im Kunsthistorischen Seminar kennengelernt. *Gottes Goldener Apfel oder die ewige Frucht Aphrodites.* Stellas kluge Fragen hatten alle verwirrt und den Professore in ernste Verwirrung gestürzt. Ihn selbst hatte sie fast um die Früchte seines Austauschsemesters gebracht. Und ganz um den Verstand. Die junge Archäologin der Ewigen Stadt und der halbfertige Kunsthistoriker aus Wien. Was, wenn er mehr um sie gekämpft hätte? Sie einfach geheiratet? Weshalb war es plötzlich aus gewesen? Er begriff es bis heute nicht.

Er wäre ein anderer geworden. Vielleicht ein Familienvater mit einer treu sorgenden Frau. Vielleicht wie dieses glückliche Paar. Ein anderer Mann, als er nun war. Ohne Antwort schloss der Brandner das Fenster. Und fühlte wieder, wie die Traurigkeit kam.

Er öffnete die Schreibtischlade, nahm einen der Marmeladeglasaufkleber seiner Großmutter. Befeuchtete ihn und zierte den Aktendeckel damit. *Mordsache Heinrich Grün* schrieb er säuberlich mit der Füllfeder darauf. Er zögerte kurz, dann fügte er in Klammer einen Nachsatz hinzu: *Grün's Geschoßwaren Ges.m.b.H.* Er verstaute den Akt in der untersten Lade und verschloss den Schreibtisch. Es war nur ein Gefühl, aber er ahnte, Grüns Tod habe mit dessen Geschäften zu tun.

Dann griff er zum Trachtenjanker, um der Einsamkeit ein Schnippchen zu schlagen. Es war ein Montagabend wie immer. Feierabend. Mord hin oder her ...

11.

Der nahende Föhnsturm lastete im himmlischen Rosarot über dem See. Ein ungewöhnlich warmer Altweibersommer, fand Brandner, als er gegen neunzehn Uhr sein Büro im alten Seeschloss verließ. Im selben Moment fing es an. Schuasterbuam regnete es, wie man so schön zu sagen pflegt im Salzkammergut. Der Inspektor eilte im Kampf gegen Regen und Wind die Toskanaallee entlang und weiter am See von Baum zu Baum. Am Yachtclub und den noblen Sommervillen vorbei zum wöchentlichen Stammtisch. Diskret duckte sich das Abendlokal mit den verschwiegenen Logentischen ins uralte Bürgerhaus. Der Spies war der urigste Wirt im Ort. Ein jeder nannte ihn Spies, nach der uralten Weinstube vom Spiesberger, einem seiner Vorgänger. Doch eigentlich hieß der Spies Ötzlinger. Und mit Vornamen Klaus.

Der Spies war eine Institution. Weit und breit. Nicht nur, weil man anschreiben konnte!

Der Stammtisch links vom Eingang füllte sich wie von selbst, und früher als sonst. Wie immer, wenn etwas passiert war. Die Männer des Ortes kamen zusammen. Zum Trinken. Zum Speisen. Zum Reden. Ein erster Leichenschmaus. Schließlich war ein Gmundner ums Leben gekommen. Ja, Grün war umstritten gewesen, manchen sogar verhasst, aber doch ein Gmundner.

Und die Ischler, die hatten ihn umgebracht, so viel war klar!, wurde bereits wild spekuliert über den Mord, als Gustl Brandner vom Rathausplatz den Haken schlug in die Kirchengasse hinauf. Gustls Ankunft wurde ungeduldig erwartet. Als leitender Ermittler kam ihm besondere Wichtigkeit zu. Der Brandner stellte die umgewehte Schiefertafel *Wildwoche* wieder auf die Beine, jemand hatte von Hand dazugeschrieben *Ausreserviert*. Mit dem nächsten feuchten Windstoß flüchtete er zur warmen Stube herein.

„Servus, Gustl!" Der Spies grüßte mit trüben traurigen Augen. Der Brandner nickte und stellte den Schirm ins Eck an der Tür. Totenstille lag über dem Stammtisch. Nur von den hinteren Stuben drang fröhlicheres Stimmengewirr.

Der harte Kern war schon versammelt. Wie jeden Montag saß da der Bezirksrichter Beugner. Daneben der Hütti, der Vogelfänger. Kunsthändler Moosberg, er war auf die Ausstattung der Adelsschlösser am See spezialisiert, hatte wie immer den Vorsitz. Schließlich war er der größte Grünbauer im Ort und sogar ein wenig adelig.

„Da ist er so gern gesessen. So gern ...", begann denn der Moosberg und deutete zur Jägerloge mit den Krickerln an der Wand und dem riesigen Hirschgeweih. Der Spies hatte den Tisch darin frisch gedeckt. Eine Kerze brannte am Tisch in der Loge. Sie war leer.

„Bin's ihm schuldig, am Sterbetag", seufzte der Wirt.

„Genau. Da ist er gesessen."

Auch der Beugner hatte vor kurzem den Jagdschein gemacht und mit dem Grün jüngst seine erste Sauhatz zum blutigen Ende gebracht.

„Abgestochen wie eine Sau", klagte der Spies. „Kein Jäger, der so was macht!"

„Von hinten", nickte der Moosberg.

„Feig", schloss der Hütti, der Vogelfänger. Und der sprach fast nie.

„Griaß eich, Burschen! Was ist denn da los?" Hotelier Krapfenberger kam lachend zur Türe herein.

„Saumäßige Stimmung, fast wie bei einem Leichenschmaus!“

„Er weiß es noch nicht ...“, flüsterte der Brandner hinter der Hand zum Spies.

„Wieder verliebt?“, knurrte der Moosberg.

Seit sich Gräfin von Gugg in sein Brunnenhotel eingekauft hatte, lief es für den Krapfi wieder wie geschmiert. Er hatte mit dem Spielen aufgehört und auch die Auslastung war beträchtlich im Steigen.

„Scharfe Braut, deine Gräfin“, gab der Spies zurück. „Fürs Jagen bleibt dir da wohl keine Zeit?“

Doch der Hotelier herzte überraschend den Wirt und gab fröhlich eine Runde für alle aus.

„Der Grün ist tot“, erklärte endlich der Moosberg mit Grabesstimme.

„Ermordet“, setzte der Brandner nach.

„Der Heinrich?!“

„Genau der“, seufzte der Spies. Er kam vom Zapfhahn und stellte die ersten Krügerl auf den Tisch. „Das war kein Jäger. Das schwör ich euch!“

„Waffenfabrikanten sterben ja vielleicht schneller als andere Leut.“ Der Brandner hatte dabei an Auflockerung gedacht. Tatsächlich kippte die Stimmung. Gegen ihn.

„Trottel“, brummte der Moosberg.

„So ein Bulle hat halt kein Gefühl!“, beschloss der Krapfenberger mit einem bösen Seitenblick. Auch er hatte mit dem Grün einen Zahlgast verloren.

„Sag uns lieber, wer’s getan hat!“, schimpfte der Spies.

„Ich meine ja nur, es hat vielleicht mit seinem Beruf zu tun!“, verteidigte sich Brandner. Dann steckte er beschämt den Kopf ins Krügerl. Denn der Spies fing tatsächlich zu weinen an.

„Na ja", gab der Wirt schluchzend zu, „ein bisserl gewalttätig war er ja schon. Der Heini."

„Na ja", sagte der Richter Beugner in die pietätvolle Pause hinein, „er hat halt zur außergerichtlichen Einigung geneigt. Selbst in der Zunft!" Als Jurist neigte er naturgemäß zur Beschönigung.

„Was soll das heißen?", erregte sich der Moosberg.

„Genau! Nur wenn einer gern rauft", assistierte der Hütti.

„Ich verdank dem Grün die Jagdprüfung. Er hat mir das Aufbrechen gezeigt am ersten Kitz."

„Ein echter Jäger. Mit allem, was so dazugehört."

„Auf unsern Grün!" Der Moosberg hob das Krügerl.

„Zam, Burschen!", rief der Spies. Alle am Tisch stießen an.

„Zam ...", schloss der Brandner ein wenig nachdenklich. „Auf den Grün."

„Das war einer von unten", mutmaßte der Moosberg und wischte sich den Schaum vom Mund.

„Na klar, ein Ischler!"

„Von ganz unten, meine ich. Wisst's eh ..." Der Graf senkte die Stimme, die Hand halb vorm Mund. „Die Bumserei."

„Jawohl, die Mafia war's!", schrie der Eckmann, der Uhrmacher, und sah mit einem Mal wieder jung und verschwörerisch aus. „Denkt's doch an die Bombenanschläge in Italien. Da haben damals die Unsrigen die Bomben gelegt. Und der Grün war mit dabei in Südtirol, im dreiundsechziger Jahr!"

„Genau!", rief der Spies. Er hatte sich wieder gefangen und steckte das Taschentuch weg.

„Im September ist's gewesen", fuhr Eckmann fort. „Ich weiß es wie heut! War grad zurück vom Bundesheer. Da hat's einen Tuscher gemacht! Den Löwen haben s' gesprengt, die Italiener, den Steinlöwen an der Straße. Unten bei Ebensee."

„Herrschaftszeiten!", rief der Moosberg aus. „Wenn das jetzt ein Racheakt war an unserm Grün? Was sagst du, Gustl?"

„Ihr mit euren Schauergeschichten." Der Brandner lächelte mild.

„Das schaut doch alles nach Raubmord aus, wie man hört", wusste der Krapfi.

„Ach wo! Nur eine Büste. Und vom Franz Joseph das Jagdhorn", wies der Ermittler den Hotelier zurecht.

„Na ja, dann war's dieser Wirt dort in Ischl, der kaiser-narrische!"

„Genau, der KuK-Max! Der klaut doch eh bei jedem Bier", rief der Spies wild.

Graf Moosberg haute krachend auf den Tisch: „Burschen, die brauchen eine Abreibung!"

„Wildererg'sindel!"

„Die ganze KuK-Bagage!"

Am Stammtisch wogte es wild hin und her. Der Brandner spürte die Wut, die alte Fehde zwischen Bad Ischl und Gmunden. Jahrhundertelang hatten die braven Ischler geschuftet und das Salz tief in ihrem Berg abgebaut. Doch der Salzamtmann des Kaisers in Gmunden hatte sie nur geknechtet und das Salz mit kaiserlichem Siegel auf die Weltreise geschickt. Das weiße Gold hatte die Gmundner reich gemacht, und die Ischler krank. Diese Feindschaft war bis heute geblieben.

„Griaß di, Bürgermeister!"

Jeder stellte sein Krügerl ab, es wurde still am Tisch. Der Deingast trat ein.

„Habt's es g'hört? Mord in Ischl!", brach es aus dem Ortskaiser hervor.

„Na, du bist lustig. Klar haben wir's g'hört", sagte der Spies kühl.

„Vielleicht war's der Geier von Goisern! Schließlich war der Grün hinter seiner Christl her."

„Genau, ein Goiserer! Das sind die schlimmsten. Dort wo's so schnell finster wird."

Der Moosberg schlug erneut auf den Tisch, dass es wackelte.

„Jaja. Das sind rechte Helden da unten", gab der Hütti zu. Der zwar nie redete, aber am Gmundner Amt alle Neuigkeiten erfuhr.

„Aber gefährlich", meinte der Moosberg. „So wie der Janisch! Das ist vielleicht ein Narrischer. Ein Abknaller!"

„Die Ischler waren's! Die Ischler waren's!", schrie plötzlich der Hasenleitner. Wie immer saß der alte Fernfahrer alleine am Nebentisch. Der Spies stellte ihm noch einen Kamillentee hin. Da gab er wieder Ruh.

„Aha", sagte der Deingast nur. Er schaute allen am Tisch noch einmal kurz ins Gesicht und stelzte nach hinten. Zum Industriellentisch. Also doch, dachte der Brandner. Der Janisch und der Geier. Das hatte auch der Kupperl gesagt.

Allmählich besprach man andere Dinge. Krapfis neueste Liebe. Die etwas zu leichten Dirndln vom Steuerberater. Den hoffentlich abgewendeten Ruin vom Sandgruber Hans. Und doch wurde es kein fröhlicher Montagstisch mehr.

„Die Ischler waren's", sagte der Spies noch einmal zur Sperrstund. „So viel steht fest."

Brandner winkte dem Spies und zahlte. Morgen früh wartete die Gerichtsmedizin. Und dann ein noch unangenehmerer Klient. Nicht umsonst war Johnny Janisch verschrien als Cowboy vom Kaltenbachwald.

12.

Kein guter Morgen, dachte Gustl Brandner und blickte über den festlich gedeckten Frühstückstisch. Eine Auswahl an Zeitschriften lag zwischen der Kanne Milchkaffee und den noch dampfenden Eiern mit Speck. Die Rosi hatte die Journale eigens vom Rathauskiosk geholt.

Der Hannibal vom Ischler Tal sei schon so gut wie gefasst, hieß es in der Ausseer Post. Der Inspektor ärgerte sich. Es war wie immer. Angeblich hatte kein Kollege geredet. Und doch meinten die Zeitungsschreiber bereits alle Einzelheiten aus dem Ermittlungsakt der hiesigen Polizei zu kennen.

Promischütze zerfleischt titelten die Salzkammergut-News. Da wie dort wurde der düstere Umkreis sauffreudiger Freizeitschützen als Schuldiger ausgemacht. Man wusste, welche Lokale der Ermordete frequentiert und welche Bekanntschaften Grün gepflegt hatte. Und vor allem, welche Feindschaften!

Am grellsten schilderte einmal mehr der Ischler Mittwoch den Fall. Bedauerlich, doch unvermeidbar sei ein derartiges Verbrechen gewesen. Ein Zeichen purer Mordlust. Würden doch schon in jedem Ischler Haushalt Waffen gehortet. Das Kaiserdorf berge noch ein Mordspotential!

Als höchst verdächtig gelte der amtsbekannte Josef G. aus Goisern, verkündete der Lokalredakteur. Immerhin hatte der Kupperl auf ein Foto des Büchsenmachers verzichtet. Diese Ehre hatte der Ischler Mittwoch, wenn auch mit Balken über den Augen, einem gewissen Johnny J. zuerkannt. Ein *landesweit bekannter Mafioso aus den dunklen Tiefen des Kaltenbachwalds.* Hausdurchsuchungen seien in Vorbereitung. Wütend warf Brandner die Blutzeitung auf den Tisch. Dieser Kupperl! Die beiden Hauptverdächtigen waren nun jedenfalls vorgewarnt.

Er nahm einen Schluck Milchkaffee und goss sich zur Beruhigung einen Zirbenschnaps ein. Der Kupperl hatte sich nicht an ihre Abmachung gehalten! Nach dem zweiten Stamperl griff er sich die Süddeutsche Zeitung. *Dubioser Mord an deutschem Jagdherrn.* Das klang schon eher nach seriösem Sachverhalt. Der Münchner Redakteur sah den Mord als Akt der hiesigen Mafia. Einer der verdienstvollsten Geschäftsmänner aus dem Bayerischen sei dank der zweifelhaften Gnade seiner Gmundner Geburt Opfer eines zutiefst verhaberten Milieus geworden. Dem der Jäger und Gauner! Was in Österreich ja ein und das Gleiche sei.

Seufzend legte der Brandner auch die Süddeutsche beiseite. Er ging zum Fenster und blickte hinaus. Es roch nach Kindheit. Solange er denken konnte, gab es das Gelb. Das Grün der Fensterläden, das alte braune Fachwerk, das funkelnde Grünblau des Wassers. Und immer wieder das Kaisergelb der Villa seines Urgroßvaters.

Er roch den Fischlaich vom Födinger. Das Laub der hundertjährigen Buchen. Die Antiquitäten und Bauernmöbel und den Moder der stets vom See feuchten Vorhänge. Die Lavendelseife, die seine Mutter so gerne benutzt hatte. Sie lag immer noch an der Bassena im Flur. Alles wie damals ... Tatsächlich alles?

Das Gmunden seines Großvaters war noch eine typische Kurstadt gewesen. Elegante Damen in Krinoline kokettierten mit feinen Herren in Taubengrau. Ein eigenes Kurorchester hatte es gegeben, und den städtischen Verschönerungsverein. Und vor allem Grellingers unvergleichliche *k.u.k. Hof-Conditorei*. Alle hatten in Treue „ihrem Herzog“ gedient. Oben am Berg im Schloss Cumberland. Eigentlich war der Gmundner Herzog ein König gewesen. Doch die Preußen hatten den alten Georg aus seiner Heimat geworfen. Von Hannover an den Traunsee delogiert. Der junge Herzog hatte sich dort ein Schloss gebaut. Und rundherum sein neues Reich: das Cumberland.

Mit den prachtvollsten Fremdenquartieren hatte Gmunden damals geglänzt. Das Hotel Austria, das alte Curhotel, das Hotel Sonne, der Schwan und der Goldene Brunnen. Wo der Dichter Peter Altenberg, die Komponisten Schubert und Schönberg, die Maler Schiele und Gerstl verkehrten. Den Goldenen Brunnen gab es auch heute noch. Der Krapfenberger vom Stammtisch führte ihn als Hotel garni. Und als letzte Gmundner Institution schwamm der Nöstlinger Michi mit seinem „Schwan“ am Rathausplatz.

Gustl Brandner liebte sein Gmunden. Hier war er geboren. Am 14. Juli 1968. 14. Juli und 68! Zweimal Revolution, hatte die Mama stets gesagt und gestrahlt dabei. Auf den Tag einhundertsechs Jahre nach Klimt. Klimt, dem Maler. Und, dass dieser auch ein Kind der Sommerfrische gewesen sei.

Allen war klar gewesen, dass der Gustl „in Kunst machen“ werde. So wie sein Vater. Und wie sein Großvater. Bis zum Kunsthändler des Kaisers, dem Balthasar. So sicher wie ein Barometer bei Föhn stieg, so sicher

würde der Gustl dereinst der fünfte Brandner sein. Bei *Brandner & Sohn* im Ersten Wiener Bezirk.

Er sah in den goldenen Spiegel, eines der Erbstücke des Großvaters. Dann griff er zum Notizbuch. Sein Stift schnellte übers Papier. Was war nur aus ihm geworden? Schütteres, an den Schläfen ergrautes Haar. Ein Endvierziger. Ohne Kinder! Nun sogar ohne Frau.

Versonnen ging er zurück ans Fenster und blickte hinaus. Über die Esplanade, über die uralten Bäume bis hin zum Toskanaschloss. Eine beturmte, leicht erhöhte Villa inmitten des riesigen direkt am See gelegenen Parks. Ihr Erbauer war ein Habsburger gewesen. Er hatte Leopold geheißen und die Toskana besessen. Hatte weise, beliebt und gegen jedermann gütig geherrscht und sogar Volksaudienzen gehalten, ehe Napoleon den letzten Großherzog aus seinem Florenz vertrieb. Aus dem prächtigen Palazzo Pitti.

So war der unglückliche Leopold mit seinen zahlreichen Kindern über Umwege an den glücklichen Traunsee gekommen. Den See der gewesenen Könige. Leopold hatte sein Fernweh in eine steinerne Villa gebaut und von hier aus seine Geschäfte geführt. Auch mit dem ersten Brandner. Doch der Leopold war früh verstorben, die Villa nach seinen Kindern in andere Hände gelangt.

Die neue Schlossfrau war eine Wiener Jüdin gewesen. Schön, bleich und unendlich reich. Klimt hatte die Frau gemalt und ihr so zu ewigem Ruhm verholfen. Das war das Porträt der Margarethe Wittgenstein. Nur Stonborough, ihr aus der Mode gekommener englischer Gemahl, hatte sich ruhmlos in der Villa Toskana erschossen. Am kranken Geiste leidend. Angeblich vor den Augen des Großpapa. So hatte man es dem Gustl erzählt.

Die eigenen Gräueltaten traten ihm wieder vor Augen. Als Ritter mit Holzschwert, dann als Indianer. Doch während die anderen noch Pfeil und Bogen schnitzten, verboten, verschwörerisch um die Bäume des Toskanaparks streunten, hatte sich der Brandner sein Fingerabdruckpulver gemischt. Geheimtinte, Lupe, Fotoapparat galten als Höchstes! So sicher seine Familie auf die schöngeistige Kunsthändlerkarriere schwor, so sicher war er in seinem Kopf bereits Detektiv.

Sein einziger Verbündeter im kriminalistischen Spiel war der Krapfenberger gewesen, der Nachbarbub. Halb Wiener, halb Gmundner gleich ihm, der immer nur zur Ferienzeit an den Traunsee kam. Die Detektive waren unzertrennlich, sie spionierten gemeinsam. Ehe ihm der Krapfi eines Sommers sein größtes Geheimnis gestand: Er habe die Dorli geküsst. In der Villa nebenan. Auf den Mund!

Im nächsten Sommer durfte der Krapfi dann mehr. In der verschwiegenen Toskanabucht. Dorlis Eltern waren Dänen und die goldblonde Schönheit genau seine Kragenweite gewesen. Doch es waren Gustls schüchterne Jahre. Er machte sich noch nicht viel aus Mädchen. Dafür konnte kein Kind seiner Klasse seinen Verhörkünsten widerstehen.

Ganz blöd ist er nicht, sagten die Eltern, als ihr einziger Sohn mit Fingerabdruckpulver bewaffnet herausfand, welcher Mitarbeiter sich so saftig bedient hatte, aus der Kassa des Kunstsalons. Aber sein Talent zur Inquisition wurde kaum gefördert. Mehr noch, man nahm es ganz einfach nicht ernst ...

Brandner besann sich wieder auf die Gegenwart. Er roch die Frische des Morgens. Der Sommer am See ging zur Neige, unweigerlich. Köstlicher Duft stieg ihm in die Nase. Berner Würstel! Dazu Erdäpfel mit Rosmarin. Das Leibfrühstück seiner Kindheit. Rosi grillte aus Mitleid. Die Susi hatte sich noch nicht gemeldet. Da läutete die Glocke am Villeneingang. Er öffnete selbst.

„Bemüh dich nicht! Ich brauch nicht lang ..."

Schon war sie an ihm und dem alten Löwenkopf am Handlauf, dem hölzernen Familienwappen, vorbei und eilte die knarrende Treppe hinauf. Sie fand ihre Sachen wie vom Generalstab geplant. Sportschuhe, Strumpfhosen, Eyeliner ... zusammengepackt in ihrer rosafarbenen Sporttasche mit dem Hello-Kitty-Katzengesicht. Exakt drei Minuten! Schlussakt einer Liebesgeschichte. Er war völlig fertig, noch im Morgenmantel, als sie schon wieder herunterkam.

„Ich hab dich lieb."

„Ich auch." Ihr Lieblingswort. „Mach's gut, Gustl."

Susis Stimme war tonlos. Ohne Gefühl. Sie blickte ihn nicht einmal an.

Du auch. Er hatte es nicht mehr herausgebracht.

Die Tür fiel ins Schloss.

„Mahlzeit ..." Die Rosi stand hinter ihm, die Berner Würstel und den Erdäpfelschmarrn auf dem Silbertablett. Er ging wie benommen wieder nach oben. Sie trug ihm das Frühstück nach, lud die Köstlichkeiten auf dem Frühstückstisch ab. Er nahm kaum Notiz davon.

„Zwanzig! Zwanzigmal kauen jeden Bissen. Das hätt ihr gefallen, der gnädigen Frau."

Zärtlich tätschelte sie ihrem Gustl die Wange. Er spürte das Mitleid.

„Hätt eh nicht gepasst zu dir, Bub!"

„Wie bitte?"

„Na das Fräulein Sommer!"

Er gab keine Antwort. Die Rosi seufzte hörbar und schloss leise die Tür. Jessasmaria! Sechsundvierzig Jahre war der Bub alt. Und immer noch ohne Frau. Da musste doch endlich was geschehen. Was hätte nur der gnädige Herr gesagt?

Brandner frühstückte ohne Appetit und sah noch eine Weile aufs Wasser hinaus. Dann machte er, dass er aus der Villa kam. Bestieg den Karmann und fuhr den See entlang. Er ärgerte sich über die Mütter mit Kinderwagen und die Seniorentouristen, die im Schneckentempo kreuz und quer über die Straße schlurften. Am meisten ärgerte er sich über sich selbst. Eine Frau hatte ihn verlassen. Wieder einmal.

Er fuhr nach Goisern. Zum nächsten Verhör.

13.

Der Brandner blickte sich um. Es gab Ansichtskarten und Fotoapparate. Jagdfeitln und Sparschweine und Eskimo-Eis. Außerdem hingen überall Krickerl an der Wand, kunstvoll bemalt, die der Geier Sepp verkaufte. Und praktischerweise gleich selber schoss. Der Laden war klein und muffig, doch hinter der Budel saß eine wunderschöne Frau mit hochrotem Kopf. Sie hielt ein Taschentuch in der Hand und heulte drauflos.

„Kumm her, Dirndl, hat der g'sagt! Tuast halt a bissi nemgeig'n mit mir ..."

Die war ja ganz aus dem Häuschen, die Geier Christl. Der Brandner fürchtete fast, dass die ihm im nächsten Moment in Ohnmacht fiel. Ein fesches Dirndl, die Christl, keine Frage. Vor allem in einem Straßendorf, wie Goisern eins war. Ein SPAR-Markt, ein G'wandg'schäft, Mufti's Pizza-Kebab und Unterbergers Autowerkstatt. Neuerdings noch das Tattoostudio. Das war's dann schon in Goisern. Und dann gab's noch den Geier, Spezialist für alles und jedes. Ein Geschäft, wie es sonst nirgends eines gab.

„Unglaublich", fuhr der Inspektor sanft fort, damit die Christl nicht etwa den Faden verlor.

„Doch! Ich zahl dir dafür, hat der gesagt. Eine Million!"

„Schweinerei", bekräftigte er und hoffte, dass die Geierin nun endlich auf ihren Mann zu sprechen kam. Er ließ seinen Blick schweifen. Neben den Krickerln waren die Waffen an der Wand ausgehängt. Seit der alte Büchsenmacher im Ort zugesperrt hatte, dealte der eben auch noch mit Waffen, der Geier Sepp.

„Sag, Herr Inspektor! Hörst du mir zu?!“

„Schweinerei!“, nickte der Brandner.

„Erst hat er nur tanzen wollen“, fuhr die Christl beleidigt fort. „Da war er noch lustig, direkt charmant! Dann hat er getrunken ...“

Ekel verzog ihr hübsches Gesicht. Der Brandner blickte teilnahmsvoll. Ähnliches hatte man auch schon am Ischler Wilderertisch über den Toten erzählt. Ja, er war halt nicht eben beliebt gewesen, der Grün. Nicht in Ischl, nicht in Goisern. Und schon gar nicht am letzten Wildererball.

„Kaum hatte der ein Schnapserl intus, da ...“

„Da wurde er richtig gemein“, ergänzte der Brandner sanft.

Die Geierin senkte beschämt den Kopf und fing wieder zu schluchzen an. Der Brandner wusste nicht recht, was zu tun sei. Da nahm er die Christl in seinen Arm.

„Hob i di! Sauhund!“, schlug es ihm mit roher Gewalt entgegen. Im Taumeln hob der Inspektor noch schützend die Hände vor das Gesicht. Durch die Wucht war er im Eck der Verkaufsstube gelandet. Vom Boden aus durchmaß er das Geschäft nach allem, was als Waffe zu gebrauchen war. Der Geier näherte sich mit einer Whiskyflasche in der riesigen Hand. Angesichts seines Drohgeheuls warf sich die Christl vor ihren Gemahl.

„Hör auf, Mutzibär! Der Brandner ist’s, der Polizist!“

Einhändig schob der Riese sein Dirndl zur Seite und machte im Stil eines Cowboys den nächsten Schritt.

„Stimmt, Geier! Reden will ich mit dir!“ Hektisch kramte er seine Dienstmarke hervor.

„Lass stecken“, brummte der Geier. „Weiß eh ein jeder, wo du herkommst! Aus Gmunden. Drecksloch!“

In diesem Augenblick wurde dem Brandner bewusst, wo er sich befand. Feindesland! Er kam von jenseits des Löwen. Jener Steinlöwe, der seit mehr als hundert Jahren halben Weges zwischen Gmunden und Ebensee an der Seestraße stand. War einer vor dem Löwen geboren, taugten für ihn die Leute dahinter nichts. Alle hinter dem Löwen sahen es genau andersherum.

„Weiß eh, warum du da bist, Brandner." Der Hausherr senkte die Whiskyflasche wieder und schenkte sich gleich ein Glas davon ein.

„Und, stimmt's?", knurrte der Brandner zurück.

„Freilich stimmt's." Der Haudrauf lachte trotzig. Prahlerisch. „Die Pest hab ich ihm gewünscht! Dem Sauhund, dem sakrischen!"

Er kippte das Glas und schenkte sich gleich ein zweites ein. Schnaps schien dem Geier Sepp gutzutun. Das Dunkelrot wich langsam aus seinem riesigen Kopf.

„Willst auch?", fragte er und stellte dem Inspektor ein Stamperl hin. Die Christl schaute erleichtert drein und verzog sich wieder ins Hintere des Geschäfts. Der Brandner rappelte sich grinsend vom Boden hoch.

„Aber ich war's nicht", sagte der Goiserer beim Anstoßen und schaute dem Inspektor aus seinem Augenbrauenwald fest in die Augen. „Hinterrucks abstechen, so was tu ich nicht!"

„Genau damit hast du aber gedroht", sagte der Brandner laut. „Dich stech ich ab, du Sau, hast du geschrien. Blöd für dich, Sepp."

„Na und? Wer meiner Christl nachstellt, den hau ich her!"

„Das hast du ja dann auch", meinte Brandner trocken. „Am Wildererball."

„Ach wo, Herr Inspektor!“ Die Geierin kam wieder hinter dem Tresen hervor. „Der Sepp hat mich ja nur beschützen wollen! Da war ja gar nix, nicht einmal eine Ohrfeige.“

„Weil er davongerannt ist“, lachte der Geier und goss sich ein Schnapserl nach.

„Wo warst du, gestern zwischen sieben und neun in der Früh?“

Der Dorfkrämer tat, als hörte er nichts.

„Bei mir war er“, beeilte sich die Christl. „Wir schlafen immer recht lang!“

Der Brandner beachtete sie nicht. Er behielt den Sepp im Visier.

„Ich war's nicht“, beharrte der. „Wurscht, was der Ischler Mittwoch da geschrieben hat. Aber den Kupperl, den hol ich mir noch!“

Der Riese nahm eine Büchse zur Hand. Öffnete eine Flasche mit Waffenöl und begann das Eisen zu putzen. Jetzt hast du also dein Hobby zum Beruf gemacht, dachte Brandner. Der Sepp hatte nun sein bauernschlaues Gesicht aufgesetzt und sah das Gespräch offenbar als beendet an. Er war ein jähzorniger Mann. Ein Haudrauf. Auch die Tat im Museum war mit brutaler Gewalt ausgeführt worden. Wollte er den Goiserer der Tat überführen, so musste er ihn aus der Reserve locken. Ihn weiter provozieren.

„Vielleicht war er ja einfach schlauer als du ...“

Der Sepp putzte stumm weiter.

„Konnte ja besser schießen ...“

Der Brandner nahm einen Schluck und sah dabei zum Fenster hinaus. Doch er fühlte des Geiers heißen Schnapsatem im Genick.

„Und wenn einer viel Geld hat ... wer weiß. Die Frauen sind willig ...“

„Hör auf! Sauhund!“ Plötzlich hatte der Geier wieder die Flasche zur Hand.

„Wo warst du!“, schrie der Brandner zurück.

„Im Wald! G’schossen hab ich! So, jetzt ist’s heraus!“

Der Wilderer baute sich vor dem um zwei Köpfe kürzeren Inspektor auf.

„Gut für dich, Geier. Nur die Wahrheit kommt weit. Sagt Laotse.“

Der Brandner lächelte.

„Spar dir die Omasprücherl!“, schrie der Hitzkopf. Doch immerhin stellte er die Flasche wieder hin. „Wildern ist der Alte gekommen! Zu uns. Der Grün.“

„Aber er hat doch die Goiserer Gründe gekauft.“

„Wildern, sag ich! Wer uns unseren Wald wegkauft, der klaut doch! Dabei hat der in Ischl eh so viel Revier!“

„Jessas, der Kieberer!“

Der Fleischhauer Jörgl stand in der Tür. Instinktiv griff der Brandner in seinen Janker und hatte die Glock in der Hand. Denn der fleischige Aufschneider hatte sich beim Eintreten hinter den Rücken gefasst, und schließlich war der Sohn des berühmten Bärenjägers Jörgl für sein schnelles Ziehen bekannt. Der Jörgl junior grinste gezwungen. Langsam kam seine Hand wieder zum Vorschein.

„Du bist mir der Richtige!“, knurrte der Brandner. „Du Revolverheld!“

„Was willst du bei uns?“

„Um den Grün geht’s“, erklärte der Geier und goss dem Jörgl sein Stamperl ein. „Um den Piefke, den Großkopferten.“

„Weiß schon. Der Grün. Aus den ewigen ... Jagdgründen!"

Der Jörgl lachte über seinen billigen Witz und sie stießen mit ihren Schnapserln an.

„Du warst scheinbar auch nicht gut Freund mit dem Grün. Gell?", fragte der Inspektor den Fleischhauer.

„Ach geh! Um den ist nix schad!"

„Obwohl der doch am besten geschossen hat! Auch beim Preisschießen. Alles gewonnen! Bei den Gamsjaga-Tagen. Ein Piefke! Und das jedes Jahr ..."

„Kein Wunder!", schrie der Jörgl schon los. „Der Alte hat doch alle seine Puffn selber gebaut. Da stinkt's doch gewaltig!"

„Wo warst du gestern früh?", konterte der Inspektor mit eisiger Stimme.

„Aber Jörgl ... bei mir warst du doch!"

Der Geier stieß seinen Freund grinsend in die Seite, und der Jörgl schaute dem Inspektor frech ins Gesicht.

„Richtig. Bei dir war ich!"

„Die Schwammerl suchen."

„Schwammerl suchen!", bekräftigte der Jörgl. Damit leerte er grinsend das Stamperl.

Das habt ihr euch fein ausgedacht! Verärgert griff der Brandner auch zum Glas. Leer. Hier gab's heute nichts mehr zu holen.

„Heut feigelt's mich aber. Deine Büchsen, Jörgl, die tut's nicht mehr! Ist wohl der Kipphahn hin."

Wütend warf der Kleinkrämer den Schraubenzieher zur Seite und reichte dem Jörgl den alten Jagdstutzen. Brandner wartete darauf, dass die Wilderer ihr ungeniertes Fachgespräch beendeten. Er nahm seinen Notizblock zur Hand. Rasch zeichnete er den Geier hinein.

„Also, Geier! Dank dir für den Schnaps. Ich hab's dann ..."

„Pfiat di, Kieberer!", tönte der Geier. Der Jörgl blieb stumm.

„Ich komm bald wieder", ließ der Brandner an der Türe noch fallen. Auf der Straße griff er in den Rock und behielt den ganzen Weg lang die Hand an seiner Glock. Er kämpfte den Zwang nieder sich umzudrehen. Erst im Auto atmete er auf. Seine Nase juckte heftig. Der Geier und der Jörgl. Er konnte förmlich riechen, wie das Alibi der beiden zum Himmel stank. Schwammerl suchen im Wald, ha! Das ging ja auf keine Kuhhaut, was die zwei ihm da vorlogen. Doch betäuben und niedermetzeln, das passte wohl kaum zum Geier

Sepp. Ein Abschlachtmord mit dem Messer war eher die Sache des Fleischhauers.

Er musste also weiter hier im Dreck wühlen. Im Milieu der Goiserer Wilderer. Wer schneller schießt, darf länger leben! Der Spruch aus Janischs Wildererbuch kam ihm in den Sinn. Vielleicht waren es die rauen Berge, vielleicht das Leben im Wald. Der Wilde Westen war in Goisern am wildesten. Der Brandner war froh, als er die Ortstafel im Rückspiegel sah ...

14.

„Alle schwören Stein und Bein."

Der Birngruber schüttelte den Kopf und schob dem Chef den Akt mit den Zeugenaussagen über den Tisch.

„Du weißt ja, Seppi", lachte der Brandner, „wenn ein Ischler was schwört ..."

„Muss man die Hälfte wegstreichen!" Er grinste. Das hatte der Chef ja schon oft gesagt.

Zur Belohnung packte der Brandner die mitgebrachte „Mein Boss mag mich"-Kaffeetasse aus und ließ einen Espresso ins Häferl.

„Also, was haben dir die Ischler erzählt?"

„Na ja ...", begann der Wachtmeister. „Der Schauer bleibt dabei. Gestern früh kam dieser Typ daher. Scheinbar von der Kirchengasse herauf zur Promenade. Der ist dann im Museum verschwunden."

„Sagt der Schauer ..."

„Sagt der Schauer." Der Birngruber nickte vielsagend mit Augenrollen. Die Ischler hatten seine Nerven ganz schön strapaziert.

„Wann war das?“

„So um halb acht, meint der Schneidermeister. Einen hellen Gehrock hat der Fremde getragen. Einen Schladminger.“

„Der war wie lange im Museum?“

„Ist um viertel nach acht wieder raus, sagt der Schauer. Steht jetzt alles drin im Bericht.“

Stolz tippte der Birngruber auf die dicht beschriebenen Zettel, die den Drucker verließen. „Spracherkennung. Über das Mikro am iPad.“

„Und dann?“, ignorierte der Brandner Seppis Computer, der ihm ein unendliches Rätsel war.

„Dann ist er wieder in Richtung Pfarrgasse. Mit seinem Rucksack, der Bärtige. Die Annie vom Buchgeschäft hat ihn zurückkommen gesehen. Sie sagt auch, so gegen halb neun.“

„Und der Bart?“

„Na ja, ein Wald im Gesicht, meint die Annie.“

„Und weiter?“

„Auch der KuK-Max hat ihn angeblich gesehen. In der Kirchengasse. Der schwört aber auf einen Schnurrbart und eine riesige Hakennase. Klein, sagt er. Direkt schmächtig. Und doch hat der ihn fast umgerannt. So pressiert hat's dem, sagt der KuK.“

„Na ja, der Max“, gab der Inspektor zu bedenken und dachte an die legendären Rauschgeschichten, die man vom Ischler KuK-Wirt erzählte. Aber warum hatte der ihm am Stammtisch nichts von der Begegnung mit dem Unbekannten erzählt?

„Tja, der Max“, grinste der Birngruber. „Das mit dem Schnurrbart, sagt nur er. Zweimeter-Riese, sagt die Annie. Aber einen Schladminger hat der Mann angehabt, da sind sich alle einig.“

„War's jemand vom Ort?“

„Nichts zu erkennen vor lauter Wald im Gesicht, wie die Annie meint. Auch der Schauer hat nichts gesehen. Außer dem Bart. Und der hat doch immer den Ferngucker dabei. Vom Alter her vierzig plus, meint er. Jedenfalls älter, sagt die Annie."

„Und dann?"

„Dann ist der weitergelaufen. Vom Buchgeschäft in Richtung Kaiservilla. Eilig hat er's gehabt, sagt auch die Annie."

„Und dann?"

„Ab dort hat ihn keiner bemerkt. Das heißt, nur die Annie hat den Fremden richtig gesehen!", schloss der Birngruber seinen Bericht. Auf die Annie ließ er nichts kommen.

„Die wichtigste Zeugin. Die bringst du mir noch mal aufs Ischler Revier, Seppi!"

Der Birngruber strahlte übers ganze Gesicht. Das hatte er gleich gewusst, dass die Annie was draufhatte. Und die roch auch so gut. Extragschma!

„Wie war's in Goisern?"

Der Chef blickte vom frisch gedruckten Bericht auf.

„Na ja. Außer dem Geier hat da offenbar jeder den Grün gehasst. Und einmal hat ihm der Geier ordentlich eine gepickt, beim Wildererball. Angeblich weit nach Mitternacht eine besoffene G'schicht. Der Geier sagt, es war nichts."

„Ha! Ich kenn den Wildererball. Da ist ja ein jeder schon an der Garderobe blunzenfett."

„Anscheinend", fuhr der Inspektor fort, „ging es aber weniger um Grüns Frauengeschichten als um das ganze Wild, das der Alte in Goisern geschossen hat. Die haben den Grün halt im fremden Revier gewittert."

„Dabei hatte der Münchner in Ischl ja eh so viel eigenen Wald."

„Genau! Aber welches Kitzerl schmeckt dir am besten?“

„Das vom Nachbarn!“, lachte der Birngruber laut.

„Bravo, Seppi!“

„Also Weiberer und Wilderer, der feine Herr Grün.“

„So schaut's aus“, meinte der Brandner. „Andererseits, wenn du jemanden so richtig abschlachten willst, so dass der leiden muss, wo lauerst du ihm dann auf?“

Der Wachtmeister kratzte sich nachdenklich den Kopf.

„Wohl kaum im Museum ...“, half der Brandner. „Schon gar nicht um acht Uhr morgens ...“

„Besser wär's in der Nacht!“, rief der Birngruber.

„Sehr gut! Noch dazu wohnte der Grün ja ganz einsam. Oben im Wald ...“

„Logisch wär's oben. Ich hätt den nicht grad auf der Esplanade gekillt!“, nickte der Birngruber. Man konnte sein Hirn nun fast arbeiten hören.

„Also, was sagt uns das, Seppi?“

Der Wachtmeister schüttelte verzweifelt den Kopf.

„Man häckselt ihn her“, sponn der Brandner die Theorie weiter, „tranchiert ihn, wie es die Füchsin nennt. Grad im Museum, wo man doch jede Minute erwischt werden kann ...“

„Der wusste was! Das hat der Mörder herauspressen müssen aus ihm!“

„Bravo, Seppi. Genau darum hat der Täter das Chloroform so gering dosiert. Doch warum grade im Museum?“

„Na ja ... vielleicht ging's ja doch um die Beute?“

Der Inspektor nahm die Schnapsflasche zur Hand. Der Seppi hatte sich einen Zirben verdient. Die Museumsbeute. Nur das machte Sinn. Und doch kam es ihm fast unglaublich vor. Ein Mord für einen Bronzekopf und ein Jagdhorn.

Sie griffen beide zum Stamperl.
„Auf dich, Chef!"
„Auf meinen besten Wachtmeister!"
Der Seppi strahlte. Meinen einzigen, dachte der Brandner für sich.

15.

Wilderer und Weiberer. Birngrubers Worte gingen ihm nicht mehr aus dem Kopf.

Heinrich Grün dachte an gar nichts mehr. Er stand nur da und starrte ihn an. Genauer gesagt starrte Nummer 1A. Sie hatte ihn auf einen Porzellanteller neben dem Körper gestellt. Dem Rest hatte sie die Nummern 1B, 1C, 1D und so weiter gegeben. Zettelchen steckten wie kleine Flaggen überall auf dem alten, kopflosen Grün. Jede Verletzung war penibel dokumentiert worden. Also zum Beispiel „Sektio tief im Oberkörper links (2E)" oder „Sektio im Unterleib rechts mit Anstich der Harnblase (2F)". Zwei trichterartige Öffnungen im polierten Edelstahlbett führten in kleinen Rinnsalen das Blut zur Wanne unter dem Stahltisch. Ein Hauch Lysol umwehte den alten Herrn. Der Brandner wandte sich ab. Es war mehr als seine Nase ertrug. Er stand im abgedunkelten Obduktionssaal im Gmundner Krankenhaus. Und fror. Zehn nach zwölf. Von Doktor Fuchs keine Spur.

„Livores!"

Die Grabesstimme in seinem Rücken ließ ihn herumfahren. Kalter Schweiß stand auf der Stirn. Als habe er einen Blick auf den eigenen Tod geworfen. Mühsam machte er die Ärztin im Halbdunkel der Türöffnung aus. Sie grinste gemein. Grelles Industrieneonlicht flammte auf, er hielt sich die Hand vor die Augen. Mit einem Tablett gefüllter Phiolen in der Hand näherte sich Frau Doktor dem Seziertisch. Schwarzer knielanger Rock zur Bluse, hochgeschlossener schneeweißer Kragen. Sie sah heute brav aus. Alles Mögliche bist du, dachte der Brandner. Nur brav bist du nicht!

„Livores. Leichenflecken, wie du als Nicht-Lateiner wohl sagst."

Er überhörte den Spott in ihrer Stimme. Einmal mehr verbarg er seine Lateinkenntnisse vor ihr. So wie seine archäologische Vergangenheit und die Herkunft seiner Kunsthändlerfamilie. Er wusste nicht, weshalb er es tat.

„Da ist der Bericht!"

Sie warf den Packen Papier neben Grüns Schädel. Er musste wohl oder übel zulangen.

„Wieso hast du ihn geköpft?", fragte der Brandner und angelte sich die schlanke Mappe, ohne den kopflosen Alten genauer anzusehen.

„Leichtere Verletzungsanalyse. Untersuchung der Mundhöhle, Atemwege und so weiter. Einfach praktischer vom Handling. Außerdem ... macht's mehr Spaß!" Sie strich dem Grün grinsend über den Kopf. Dann sah sie seinen Blick.

„Ein Scherz, Brandner! Gott, bist du ein Weichei. Wir nähen dem Grün das Häupl ja wieder an."

„Es war ein grausames Sterben. Stimmt's?"

„Folter trifft's eher. Raubmord im Affekt war das jedenfalls nicht."

Sie machte eine kunstvolle Pause. Kein Zweifel, die Füchsin liebte ihren Job.

„Und das Tatwerkzeug?"

„Keine allzu scharfe Klinge. Vielleicht ein Klappmesser. Oder der Feitl einer Lederhose. Ein paar Wunden wurden aber von einer breiten Klinge verursacht. Sofort wieder zugeklebt. Dazu passt die Axt im Goldfischbecken." Sie zog an einem der satten, braunrot gefärbten Stoffbänder. Zähes Blut drang aus der klaffenden Wunde am Bauch. „Zerlegt wie ein Schwein", triumphierte sie. „Grün blutete sozusagen nach innen aus."

„Das Opfer sollte leiden", stellte also der Brandner noch einmal fest. Es wurde ihm schon wieder schlecht. Die Füchsin spukte ihm wie ein Fleischhauer mit blutiger Latzhose im Kopf herum.

„Noch was, Gustl. Schau mal genau hin ..."

Er überwand sich.

„Der Kopf! Dem hat man sich besonders gewidmet ... dreizehn Schnitte."

Sie schien die Vorstellung noch zu genießen. Tippte dem Grün aufs Haupt, es wackelte und fiel um.

Der Brandner stürzte zur Tür. Keine Sekunde länger hielt er es hier aus! Das gellende Gelächter der Füchsin verfolgte ihn. Erst am Gang bekam er wieder Luft. Da sah er ihn stehen.

„Griaß di, Ben!"

„Ähm ... Gustl, du hier?"

Bezirksrichter Beugner zuckte zusammen. Er saß auf einem der Sessel am Gang und sah von seiner bunten Zeitschrift hoch. Rasch verschwand *Der Nacktbote* im Steireranzug.

„Wir obduzieren noch. Der Grün. Und du?"

„Untersuchung ... orthopädisch." Der Beugner setzte ein gezwungenes Lächeln auf und griff sich an die Hüfte. „Im Bein. Ist mir beim Jagen hinderlich."

„Jagst du hier?", fragte der Brandner verstimmt. „Auf der Pathologie?"

Verlegen blickte der kleine elegante Mann auf seine glänzend gewichsten Haferlschuh.

Der Inspektor machte sich rasch davon. Doch auf halbem Weg drehte er noch einmal um.

„Aber gut, dass ich dich treff! Eine Hausdurchsuchung brauch ich von dir."

„Aha. Für wen?"

„Johnny Janisch. Hatte vor ein paar Tagen Streit mit dem Grün, im Ischler KuK gab's eine Schlägerei. Der Grün hat dem Janisch von hinten eins übergezogen."

„Der alte Grün dem Janisch? Dem Wilderer!" Der Richter brach in Lachen aus.

„Genau, und tags darauf ist der Grün tot."

„Auf welchen Titel sollt ich's denn ausstellen?"

„Mordverdacht mit Verdunkelungsgefahr. Grüns Mörder hat im Museum zwei Objekte gestohlen. Das vergrabt der uns doch im Wald. Wenn er's war ..."

„Na, also geh her da!" Beugner wurde dienstlich arrogant. Großspurig betrat er das Büro der Ärztin und nahm ein Formular von der Ablage. Beugner strich den Schriftzug des Totenscheins durch, kritzelte ein paar Sätze darauf und signierte es.

„Das reicht dir fürs Erste. Das Formular kriegst du morgen."

Soso! Der kannte sich ja schon bestens aus auf der Gerichtsmedizin, dachte der Brandner verärgert. Die Füchsin hatte jetzt also den Beugner in der Reißen. In ihrem Liebesnest. Wortlos nahm er den Zettel. Ob er es sich eingestand oder nicht, es tat ihm weh. Irgendwie ...

16.

„Leg ab, du Lump!“

Schon fiel der Schuss. Der Brandner duckte den Kopf, keine Sekunde zu früh. Die Kugel zersplitterte den Baum daneben. Zwei Handbreit! Er griff selbst zur Kanone. Vielleicht wäre es auch klüger gewesen, den Namen zu sagen, als bloß „Aufmachen, Polizei!“ Langsam kroch er vom Mauervorsprung am grün gestrichenen Eisentor hoch zur Gegensprechanlage.

Man wusste wenig von Johnny Janisch. Als sicher galt, dass er vor dem Krieg geboren sei. Als frühes Wunderkind. Johnnys Schießkünste waren ihm in die Wiege gelegt. Sie galten als sein größtes Kapital. Es hieß, seine Eltern hätten ihn aus einer Laune heraus Johnny getauft. Der Säugling, ein Schreihals, habe nur beim Anblick des Westernhelden John Wayne zu brüllen aufgehört. Allein diese Filmschießereien hätten dem Johnny ein goldiges Lächeln entlockt. Damals schon. So erzählte man.

Ansonsten hatte der Birngruber wenig in Erfahrung gebracht. Äußerlich ein eleganter Mann sprach der Johnny mit süditalienischem Akzent und galt auch sonst als Sonderling. Vor vielen Jahren zugezogen in den einsamen Kaltenbachwald. Ursprünglich habe der Johnny wohl Schiffskoch gelernt und sich später als Pianist durchgebracht. Dann und wann hörte man ihn am Piano im KuK-Wirt. Das KuK galt denn auch als Johnnys Stammlokal. Soweit man das bei seiner Öffentlichkeitsscheu behaupten konnte. Sein Geld hatte der Johnny freilich nicht in Ischl gemacht. Viel Seriöses, so Birngrubers Recherche, sei wohl nicht dabei gewesen. Man munkelte von Beteiligung an kubanischer Rumbrennerei und argentinischer Hochlandrinderzucht. Auch vom Verlegen linker Zeitschriften. Als erwiesen galt, dass der Johnny seit Jahren im Stillen und Großen ganze Häuserzeilen in Ischl erwarb und ... er sammelte Kunst! Die „Janisch-Collection" javanesischer Erotikminiaturen galt als erste weltweit.

„Pronto?", knurrte es also nochmals aus der Gegensprechanlage.

„Polizei", knurrte der Brandner also nochmals zurück und schielte zur Villa hinauf. Innerhalb der Mauern gab ihm der extravagante Fuhrpark wohl etwas Deckung. Doch gut möglich, dass der ihn hintenrum fertigmachte. Ein Abpraller vom Auto, vielleicht ein Bogenschuss. Kunstschütze eben!

„Ich bin's ...", probierte der Brandner.

Es knallte wieder. Eine Handbreit! Der andere Baum löste sich auf.

„Der ... Brandner Gustl!", schrie er nun doch nervös.

Es krachte. Ein Brummen in der Gegensprechanlage. Er hielt den Ausweis ans Videoauge.

„Mensch! Brandner ...", bellte es aus dem Lautsprecher. Surrend sprang das Eisentor auf.

Der Inspektor empfand ein Gefühl wie seit ewigen Zeiten nicht mehr. Er hatte tatsächlich Schiss! Mit erhobenen Armen und Magenschmerz näherte er sich der Holzvilla. Rechts an den Garagen kroch ein livrierter Diener hinter dem Royce hoch und polierte weiter, als wäre gar nichts gewesen. Daneben blitzte knallrot Johnnys legendäre Ferrari-Kollektion.

Die Villa selbst galt vor der Jahrhundertwende als erstes Fertigteilhaus der Welt. Ein Millionär und

Theaterdirektor namens Blumenthal hatte sie 1892 auf der Weltausstellung in Chicago gekauft, nach Europa verschifft und am Rand von Ischl im Kaltenbachwald wieder aufgebaut.

Oskar der Blutige hatten alle Sänger, Schauspieler und Komponisten den als Theaterkritiker hantierenden Blumenthal damals genannt. Passte also ganz gut, dachte der Brandner. Das mit dem Haus und dem Janisch.

„Was gibt's?", bellte der Cowboy vom Türspalt her. Erst kam ein Gewehrlauf zum Vorschein, dann ein Schlapfen mit Fuß. Als Nächstes lugte die bekannte Hakennase hervor. Schließlich der ganze Janisch, im englischen Hausmantel.

„Wieso schießt du auf mich?!"

„Wer schneller schießt, darf länger leben", grinste der Janisch zurück. „Du kommst doch nicht etwa wegen der Eispartie?"

Ein offener Machtkampf tobte ums Eis im Salzkammergut. Und in letzter Zeit hatte man auch den Johnny mit der sogenannten „Giovanni-Connection" in Verbindung gebracht. Auffällig oft hing er im Hinterzimmer beim Eis-Giovanni am Ischler Kreuzplatz ab. Eine polizeibekannte Kanaille. Der habe den Janisch in Dienste genommen, um das Gemetzel ums gefrorene Monopol mit Johnnys Colt zu entscheiden. Laut Greta Ott stand außer Streit, dass Johnnys Draht zur Cosa Nostra noch immer der allerbeste war.

Der Janisch lachte aus vollem Hals, als er den Chefinspektor die Arme hochgereckt heranschlurfen sah. Hinter seinem breiten Rücken lächelte ein hübsches Mädchen hervor.

„Die Pezi ...“, stellte der Hausherr vor und bekam feuchte Augen. „Meine Perle. Wir haben uns in der Villa Seilern kennengelernt.“

Der Brandner selbst weilte gerne an der Bar des Nobelhotels. Doch auf seiner Suche nach einer Bekanntschaft hatte er die Pezi nie gesehen. Die besten Dirndln, dachte der Brandner, bekamen immer die bösen Jungs.

„Du kriegst noch Probleme, Janisch“, sagte er hingegen laut, „wenn du gleich immer so herumknallst!“

Der Cowboy im Schlafrock schaute nur verwundert. Ohne Antwort zog er den Brandner in seine Villa hinein.

Schon im Vestibül zeigte sich, wofür der Janisch berühmt war. Oder besser berüchtigt. Junge Antiquitäten aus allen Teilen der Welt. Eigentlich aus alten Teilen, die der Johnny von ägyptischen Lohnsklaven fälschen und zusammenschrauben und in alle Kontinente verschiffen ließ. Vom Hausherrn geschoben landete der Inspektor im Roten Salon. Dezente Erotik an den Wänden. Links und rechts hingen zwei Zwölfender und einige Krickerl an der Wand. Am meisten gefiel dem Brandner ein friedlich plätschernder Zimmerbrunnen.

„Eigene Quelle!", brummte der Janisch stolz, als er Brandners Blick bemerkte. „Bei uns da im Wald. Das Quellwasser wird aufs Dach gepumpt und fällt dann in die Leitungen."

Der Inspektor wurde in ein plüschrotes Sofa genötigt. Sah reichlich nach Puff aus. Die Pezi rückte glücklich die französischen Nippes am Kamin zurecht, verschwand kurz und kam mit einer Flasche und drei Gläsern zurück.

Das wohlige Plätschern, die Kerzen in Kandelabern ... richtig romantisch alles. Doch der Brandner roch etwas Eigenes, das seine Nase störte. Waffenöl! Und schon wieder war's Ballistol. Genau wie am Tatort und auch in Grüns Jagdhaus. Andererseits handelte es sich ja um eine häufige Marke, und außerdem war eine Flasche Ballistol nichts Außergewöhnliches bei einem Jäger und einem Wilderer.

Der eine war tot und der andere thronte ihm gegenüber im Ohrensessel. Die abgesägte Schrotflinte hatte er lässig zwischen seine Beine gelehnt.

„Unser Wildschütz", meinte der Hausherr schließlich, als die Pezi ihnen ordentlich einschenkte. Der Brandner hatte davon im Ischler Mittwoch gelesen. Zu den bekannten Wildererbüchern und dem Engagement im Antiquitätengeschäft zog der Janisch neuerdings seine eigene Schnapsproduktion hoch.

„Reine Ischler Alpenkräuter!“

„Herrlich“, hustete der Gast. Höflichkeitshalber leerte er das graugrüne Gesöff.

„Gell? Wir exportieren bis nach Kalifornien. Sogar der Expräsident Schwarzenegger schwört schon darauf!“, prahlte der Johnny und haute ihm noch freundlich auf die Schulter. Die friedlich leuchtenden Kinderaugen passten auf einmal so gar nicht mehr zu dem riesigen Mann im weiten Mantel. Er erinnerte den Brandner an irgendeine dunkle Figur aus Zeiten der amerikanischen Prohibition.

„Du hattest Probleme, Janisch ...“, sagte er schließlich mit festem Ton, „wie man so hört. Mit dem alten Grün.“

„Was geht's dich an?“ Die freundlichen Kinderaugen schauten plötzlich hart drein.

„Nun, dass er tot ist, geht mich etwas an. Einen Tag nach eurer Schlägerei!“ Er betonte den letzten Satz und sah seinem Gegenüber genau ins Gesicht.

„Mensch!“, rief der Johnny. „Die eine Watschn! Was hab ich sonst mit dem Piefke am Hut?“

„Euer Streit ging ja lange. Sogar am Stammtisch wird's schon erzählt!“

Der Brandner zwang sich, ruhig sitzen zu bleiben. Da sank auch der Johnny wieder in seinen Ohrensessel zurück, doch er behielt den Inspektor drohend im Blick.

„Verdammter Piefke, der Grün. Die kommen daher und schießen uns das ganze Wild zam!“

„Wo bist du gewesen, Janisch, gestern früh, so zwischen sieben und neun?“

„Hier, Holz hab ich gehackt. Da schau!“ Der Janisch lehnte sich entspannt im Plüschsessel zurück und deutete zum Fenster hinaus. In der Tat lagerten am Waldrand ein paar Festmeter geschlichteter Holzscheite. Daneben steckte eine Axt im frisch behauenen Block. Ringsum lagen frische Späne verteilt.

„Der Bärli war hier!", schoss es aus der Pezi hervor. „Ich kann's bezeugen! Über den Winter brauchen wir viel. Da fängt der Johnny schon um halb sieben an. Um halb zehn gibt's dann immer die Jausn!" Die Pezi blickte ihn aus ihren samtigen Augen an. Der Janisch grinste dazu.

Brandners Nase begann zu jucken. Ihr wollt also Theater spielen, dachte er und griff ins Innere seines Jankers. Doch dann besann er sich. Beugners Durchsuchungsbefehl konnte er ein anderes Mal besser gebrauchen. So ein Wilderer war schon von Berufs wegen verschlagen. Sie mussten den Janisch im Geheimen observieren. Vielleicht hatte der Birngruber eine Idee.

„Eine schöne Sammlung", meinte der Brandner daher mit Blick auf die kostbare Trophäenwand vor dem Kamin.

„Ach, die paar Kleinigkeiten." Der Janisch klang wieder halb versöhnt.

„Ausgerechnet in der Mitte zwischen den Geweihen sind zwei freie Stellen. Dort würde eine Statue noch gut passen! ... oder ein Jagdhorn?" Der Brandner blickte dem Janisch fest ins Gesicht.

Der blieb ruhig. Tat wohl so, als hätte er nichts von der Museumsbeute gehört.

„Eins kannst du mir glauben, Brandner. Wollte ich einen wie den Grün umlegen, dann hätt ich ihn mir schon hierhergeholt! Und es ausgeredet. Von Mann zu Mann! ... aber weißt du", schob der Janisch nach, er hatte die Fäuste geballt, „der Grün, wenn der am Jagen war, der hat das Böckerl nur angeschossen. Dann ist er daneben gestanden und hat zugeschaut, wie's verreckt!"

„Zwei Gesichter", murmelte der Brandner, „dieser Heinrich Grün. Der Spender und das Biest."

„So einer will ein Jäger sein. Gut, dass er weg ist!", stieß der Mann im englischen Hausmantel hervor. Ein heiliger Ausdruck stand plötzlich in Johnnys Gesicht. Er leerte sein Stamperl auf einen Zug. „Zeit wird's, Brandner! Ich muss dann ..."

In dem Moment kam die Pezi wieder herein. Sie sah das Gesicht ihres Geliebten und ließ voller Angst die Flasche fallen.

„Jessasmaria, Bärli! Nicht schon wieder! Vollmond ist's ..."

17.

Die Sonne brannte und er war halb tot gegangen. Schuld daran war der Grün. Mitte der Achtzigerjahre hatte *Grün's Geschoßwaren Ges.m.b.H.* die Fabrikation nach München verlegt, in den Industriebezirk Untermenzing. Heinrich Grün war endgültig ein Piefke geworden. Ein bayerischer zwar, aber Piefke blieb Piefke, dachte der Brandner. Übel gelaunt und schwitzend kam er endlich bis zum Marienplatz.

Unumgänglich sei die Münchner Recherche, hatte Bürgermeister Blitzer gemeint und dann auch noch gleich dort angerufen am Kriminalamt. Auf eigene Faust.

Da wär er schon von selbst draufgekommen, ärgerte sich der Brandner. Von wegen bayerischer Amtshilfe. In Wahrheit war er ganz froh über die Dienstreise. Endlich eine Weltstadt, weg von Gmunden. Der Marienplatz wimmelte von fröhlichen Touristen und weißblauen

Wurststandln. Es war Wiesnzeit. Und doch ging in bayerischer Betriebsamkeit scheinbar alles gemütlich zu. Er fiel schweißgebadet auf eine Parkbank und bemühte den Stadtplan. Jetzt noch ans Isartor. Von dort per U-Bahn zur Mailingerstraße Nummer 15: das bayerische Landeskriminalamt, die BLKA-Hauptdirektion.

Hauptkommissar Milani sei grad heute vom Urlaub retour, erfuhr der Brandner am Schalter, man wies ihn in den fünften Stock. Zimmer 5.24. Der Brandner fand die Tür mit schlichtem Plastikschild: *PHK M. Milani – BLKA*. Er klopfte und trat ein.

Ganz offenbar hatte die junge Dame am Schreibtisch nichts gehört. Die Sekretärin war genau sein Typ. Haar rabenschwarz, Olivenhaut, und dann noch im blauweißen Dirndlkleid! Völlig in ihrer Arbeit gefangen saß sie da. Er roch frischen Nagellack. Doch die Störung war ihm peinlich. Er zog die Tür zu.

„Willkommen!", kam es von drinnen. Also gleich wieder mit der Nase in den Türspalt hinein.

„Ich wart schon, Herr Kollege!" Die Sekretärin musterte ihn von unten nach oben. Rauchige Stimme. Tatsächlich Typ dunkle Prinzessin. Feurige Kohlenaugen, Lippen kirschrot. Das Dirndlkleid saß perfekt, bis rauf zum Busentuch.

„Hauptkommissarin Mona Milani. Mona für dich", lachte sie und ertappte ihn, wie er sie anstarrte. „Sauber, dass ich dich kennenlern! Vorsicht, frisch gestrichen!" Ihre Finger wanderten tannengrün über den Tisch. Am offenen Fenster klimperte es im Wind.

„Venusmuscheln. Insel Kisch. Persischer Golf!"

Mit kindlicher Freude zog sie an der weißen Perlmuttkette und seufzte vernehmlich.

Mona Milani. Prinzessin von Persien. Ein Name wie aus Tausendundeiner Nacht! Seit den Märchenstunden seiner Kindheit hatte er dieses Gesicht aus allen Träumen verbannt.

Vor ihr stand ein Goldfisch im Glas auf dem Tisch.

„Das ist Quickie. Vom letzten Neujahr. Bei uns daheim schenkt man sich Goldfische. Eine persische Tradition."

Er schaute ins Glas und Quickie hörte zu schwimmen auf und starrte ihn an. Er schwieg wie der Fisch. Endlich atmete er wieder.

„Brandner ... also Gustl."

„Weiß ich schon! Dieser Blitzer hat dich ja avisiert. James Bond und Columbo in einem. Ein echter Alpenrambo sollst du sein, bei der Ösi-Polizei!"

Na ja. Ein Mann. So weit, so richtig. Er winkte ab. Bescheiden.

„Sauber", lachte sie. Weil er sagte immer noch nichts. „Echt sauber! Wie ihr Burschen das hingekriegt habt mit dem Fritzl. Perverser Kinderverführer!"

Tja, das hätte er jetzt wohl klarstellen sollen. Das waren die Kollegen aus Amstetten gewesen und war so gar nicht sein Verdienst. Kein Wort kam heraus.

„Sauber!", bekräftigte sie, weil er weiter schwieg.

„Du bist also ...", sie zögerte, „ein echter Dorfpolizist?"

Und du Prinzessin, rutschte es ihm beinahe heraus. Er nickte verschüchtert.

Mona wartete wohl auf eine Antwort. Dann zuckte sie mit den Achseln und feilte. Begutachtete ein fertiges Nägelchen. Erhob sich endlich und blickte ihn erwartungsvoll an.

„Du, Gustl?"

Er schwitzte.

„Also, na ja ..."

Sie kam langsam herum um den Tisch.

„Das mit uns ..."

Sag's doch, Prinzessin! Er fühlte es auch.

„Schau mal ... der Grün. Das ist doch klar eurer Fall, gell?"

Er senkte den Blick und rieb verlegen seine dreckigen Goiserer am Hosenbein.

„Klar", meinte er endlich und klang sogar lässig dabei.

„Klasse, Spezi!" Sie schlug ihm auf die Schulter und kaute erleichtert wieder an ihrer Weißen. „Sag's ja nur, weil wir grad so viel am Hut haben, mit der Wiesn und so ... Saumäßig Arbeit! Na, du weißt schon."

„Kann ich mir vorstellen."

„Brotzeit!" Ein junges Bürschchen stand in der Tür. Es lud Senf, Brez'n und Weißbier vor ihr ab und salutierte wieder an der Tür.

„Mein Azubi", lachte sie, griff sich die Weiße vorsichtig mit ihren Tannengrünfingern und biss fröhlich zu.

Brandner sah sich genauer um. Keine Akten. Dafür standen jede Menge Orchideen am Fenster. Ein grüner Urwald. Dann gab's noch ein Polstersofa und sogar eine kleine Bibliothek. Daneben an der Wand zwei verwaiste Schreibtische.

„Hirn und Schmalzer", schmatzte sie. Schob sich Bissen um Bissen in den rosigen Mund. „Sind unterwegs, die Spezis. Die Wiesn ist unsere fünfte Jahreszeit. Da muss jeder Mann raus!" Lächelnd folgte sie seinem Blick auf ihr Dekolleté.

„Ich geh heut im Dirndl hin. Inkognito, du verstehst?"

„Und weil ihr grad so viel um die Ohren habt ...", sagte er freundlich, „bin ja jetzt ich da. Für den Grün."

„Sauber, Gustl!"

Sie lächelte und griff wieder zur Feile. Plötzlich drehte sie den Stuhl zum Bildschirm und tippte mit atemberaubendem Tempo in ihren Computer hinein.

„Grün ... Heinrich Grün", las sie gelangweilt. „Ein paar Registereinträge. Rief einmal selbst bei uns an. Drohung erhalten. Angeblich hatten ihm Geschäftsgegner ein paar Schläger geschickt. Doch dann ist nix weiter passiert ... Die Anzeige wegen Steuerhinterziehung. Die Grünen haben ihn da in der Mangel gehabt. Verfahren eingestellt! ... auch ein zurückgetretener Minister hat ihn verklagt, wegen eines Waffendeals. Ist publik geworden. Grün hat den Zivilprozess gewonnen. Sonst das Übliche halt." Sie drehte sich wieder zu ihm und schaute vielsagend drein.

„Das Übliche?"

„Volle Klatschspalten. Der Grün war ein Weiberheld. Leider gab's auch ein paar Ehefrauen. Klingelt's jetzt?"

Aha! Also auch hier hatte Grün im fremden Revier gewildert. Der Brandner holte das Tatortfoto aus seiner Aktentasche und hielt es ihr hin.

„Allahu Akbar!"

„Hackfleisch, ganz genau", übersetzte er frei und fischte das Foto behutsam aus ihrem Senf am Teller. Sie hatte das Bild geschockt fallen gelassen.

„Gott ist groß", stellte sie richtig.

„Tja, den hat man ja so richtig fertiggemacht, euren Grün. Schaut alles schwer nach Rache aus, findest du nicht?"

Mona schwieg. Endlich fand sie die Sprache wieder.

„Hast du schon einen Verdacht?"

„Da gibt's mehrere. Der Alte hat ganz gern gerauft und den Ischlern den Wald weggekauft, vor allem aber hat er in fremden Revieren gewildert. Auch unter den Ehefrauen!"

Sie nickte.

„Aber hier in München gab es wohl andere mit einer offenen Rechnung. Hatte der Grün eigentlich keine Partnerin?"

„Ach wo, der war doch immer mit einem neuen Flittchen unterwegs. Kein Familienmensch, der Grün. Manche Frauen mögen so was ..."

Noch kein Grund, jemanden umzubringen, dachte der Brandner.

Mona sah ihn herausfordernd an. Er stieß nervös mit dem Fuß ans Tischbein und wünschte, er hätte wenigstens etwas mehr nach seinem alten Geld ausgesehen. Das war kein Tischbein! Etwas kroch an ihm hoch!

„Gab's denn niemanden in Grüns Leben?", flüsterte er heiser. Seine Nase juckte höllisch. Vorsichtig zog er das Bein ein.

Mona seufzte hörbar. Lächelte ihn schläfrig an.

„Wir haben keine nahen Verwandten gefunden. Nur ein paar Großneffen in Gmunden."

Sie schien ihm nicht zuzuhören. Leckte sich über ein Nägelchen. Ihr ausgefeilter Finger wanderte langsam über den Tisch. Mona Milani streichelte seine Hand!

Mit rotem Kopf griff der Inspektor zum Bleistift. Tat, als schriebe er Notizen. Im Höllentempo wanderte der Stift über den Block. Ein paar Striche und die schöne Mona war fertig. Er begegnete ihrem spöttischen Blick.

Gott sei Dank, es hatte geklopft! Mona erhob sich geschmeidig und schwebte zur Tür. Er verstand nur ein paar Worte wie Kollege Schmalz, Rauferei, Käferzelt. Mona zog ihren Assistenten ganz herein.

„Du bist also der Brandner." Grinsend reichte ihm der Kollege die Hand. Typ weißer Spargel, zu weite Lederhose. Sommersprossen, rotblondes Haar.

„Ich bin der Hirn. Also der Leo."

„Kurze Lagebesprechung!" Damit zog die Prinzessin den Hirn resolut vor die Tür.

Der Brandner blieb mit seinen Gedanken allein. Die kreisten nicht um den Grund seines Hierseins, sondern um einen Harem glutäugiger Prinzessinnen.

Er erhob sich und trat ans kühle Fenster. Sein Blick fiel auf den Bildschirm, der halb zur Wand gedreht war. Natürlich hatte er keine Ahnung, welche Taste er zu drücken hatte. Oft genug hatte ihm der Birngruber eine Computereinschulung angeboten, er hatte stets abgelehnt. Nun verfluchte er sich dafür. Allerdings sah der Computer von Mona Milani eher nach einem Raumschiff aus und hatte so einen Apfel drauf. Er berührte das ovale Ding mit dem Kabel, Zeichen und Wörter waren zu sehen: *BLKA Sicherheitspolizeiakt: Heinrich Grün.*

Nach einem kurzen Seitenblick auf die Tür nahm er Platz.

Was er las, fand seine größte Aufmerksamkeit. Offenbar hatte man Grün nicht nur der Steuerhinterziehung, sondern auch des Handels mit gestohlenen Waffen in Verdacht gehabt. Er las weiter bis zum letzten Absatz. *Lebensgefährtin: Uschi Neumair*. Aufgeregt notierte er die Adresse auf einem Post-it und steckte sie ein. Keine Sekunde zu früh. Stimmengewirr kam von draußen, die Türe sprang auf. Der Bildschirm zeigte wieder zur Wand. Er stand am Fenster. Mona schien überrascht.

„Du magst Orchideen?"

„Natürlich. Ich liebe sie! Nur äußerst empfindlich, diese Gattung der Gefäßpflanzen."

Zärtlich streichelte er das Riesengewächs. Zum Glück hatte er den letzten Samstagabend vor einer Botaniksendung im deutschen TV verbracht. Alleine. Wie üblich.

„So, ich hab's dann", setzte er nach. „Will dich nicht aufhalten! Jetzt, wo die Wiesn ist."

„Sauber." Sie schien kurz zu überlegen. „Gehst du heut mit mir auf eine Maß?"

Hauptkommissarin Milani datete ihn?! Den Dorfbullen?

„Warum eigentlich nicht ..." Er schaffte es lässig zu klingen. „Ein Bier unter Kollegen."

„Sauber! Dann um achtzehn Uhr bei der Bräurosl. Du verlangst am Eingang den Polizeitisch vom BLKA München."

Er nickte und griff zur Reisetasche. Stand schon an der Tür.

„Servus, Mona!“

„Servus ...“

„Du Gustl?“

„Hm?“

„Dionae muscipula! Venusfliegenfalle! Orchideen haben kleine Blüten. Und mögen kein Fleisch.“ Mona Milani hatte die Arme verschränkt und sah zum Fenster hinaus. Ihre Stimme klang nicht sehr angenehm. Der Brandner machte, dass er zur Türe kam.

18.

„Also Mord“, gab sie zurück. Doch sie wirkte gelassen dabei.

Gustl Brandner senkte betroffen den Blick und nickte. In Momenten wie diesen verfluchte er seinen Job. Er sah wieder aus dem Fenster in die trostlose Gegend hinaus. München-Hasenbergl war einer der Randbezirke mit hohem Ausländeranteil, Lasallestraße 87 eine in die Jahre gekommene Plattenbausiedlung. Das Licht im Stiegenhaus war ausgebrannt. Die Farbe an Tür Nummer siebzehn abgeblättert. Sein Blick schweifte durch das traurige Wohnzimmer. Er roch den Rauch tausender Zigaretten und vielerlei, dessen Ursprung er sich nur ungern vorstellte. Hatte ein Multimillionär wie Grün tatsächlich hier gelebt? Bei seiner Geliebten? Wenn auch nur fallweise.

Am Weg heraus nach Hasenbergl hatte er Zeit gehabt, seine Gedanken zu ordnen. Warum hatte ihm Mona nichts von Grüns Lebensgefährtin erzählt? Hatte sie einfach drübergelesen? So wie über den kleinen Eintrag *Nichts zu veranlassen – keine weiteren Ermittlungen anstellen! BND* am Ende von Grüns Akt der Sicherheitspolizei. Was konnte das heißen? Wohl nur Bundesnachrichtendienst. Grüns Aktivität hatte also auch Bundesagenten beschäftigt.

Seine Nase juckte wie der Teufel. Ein untrügliches Zeichen, dass er der Lösung des Falls gerade etwas näher kam.

„Stirbt mir der einfach, das Schwein", stieß Uschi Neumair hervor und steckte sich eine Zigarette an. Hui! Das war ja wohl gar keine Traumprinzengeschichte gewesen! Er rückte den abgewetzten Fauteuil näher ans Sofa. Die Geliebte eines Waffenschiebers hatte Spannendes zu erzählen. Sie paffte eine riesige Wolke zur Decke hinauf. Scheußlicher Raucherhusten folgte ihr auf dem Fuß.

Er bekam Mitleid. Wie sie da saß, etwas zu füllig auf der abgewetzten Fernsehcouch, mit grauen Schweißflecken. Hinter seinem Rücken lief leise irgendeine deutsche Soap.

Ein alternder Heidi-Typ mit ordentlich Holz vor der Hütte. So hätte der Spies am Stammtisch gescherzt. Blitzblaue Kuhaugen, ein gutes Gesicht, aber biederes, ja geschmackloses Styling. Neumair trug eines dieser Plastik-Schürzenkleider, die man heute nirgendwo mehr sah. Formlos und geblümt. Roter Mohn, gelbe Tulpe, blaue Kornblume. Der Brandner hatte noch nie so viele Goldkettchen auf einem einzigen Hals gesehen. Dazu kamen die Heidizöpfchen.

Vom Alter her mochte sie Ende vierzig sein. Ein Kind im Vergleich zu Grün. Ein etwas zu fröhliches Kind, zog man in Betracht, dass ihr Väterchen gerade abgemurkst worden war.

„Herzliches Beileid“, meinte er noch einmal und nahm den Notizblock heraus. Uschi Neumair hatte, wie sie selbst fallen ließ, bereits am Mordtag von Grüns Ableben erfahren. Vom Münchner BLKA. Mona hatte sie ihm also wohl absichtlich verschwiegen. Am nächsten und übernächsten Tag habe alles dann groß in den Journalen gestanden.

„Still und heimlich in Ischl. Gar nicht so seine Art!“

Ihr Kopfschütteln ließ ihn an all die Zeitungsartikel und Akteneinträge im BLKA-Computer denken. Grüns Auftritte in der Klatschpresse waren zahlreich gewesen. Oft skandalös, teils legendär.

„Wie eng war ihr persönliches Verhältnis zu Herrn Grün?“

„Er war mein fester Freund“, sagte sie und sah ihn direkt an.

„Hatte Ihr Lebensgefährte einen Feind?“

„Aber geh! Dutzende! Der Negerant!“

Er schauderte bei der Verachtung in ihrem Ton. Doch sie lachte zum ersten Mal.

„Irgendeiner von denen hat ihn erwischt ... Auch einen Schluck?“

Er schüttelte dankend den Kopf und hoffte, dass sich seine Nase irgendwann wieder vom Aroma ihres Kräuterlikörs erholte. Das grünbraune Gesöff lief ins Glas. Die Hälfte landete auf dem Tischtuch, die andere in ihrem knallroten Mund.

„Wo kam er denn her, der Herr Grün?“

„Heinrich war Gmundner. Vater Büchsenmacher, Mutter Hausfrau. Kleines Geschäft. Büchsen gehen anscheinend wie Sau da unten bei euch.“

Dank Seppis Recherchen kannte er die Geschichte zwar, doch es war aufschlussreich, sie aus dem Mund von Grüns Geliebter hören.

„Unglückliche Ehe. Heinrich war nicht dumm, er hatte nur miese Manieren. Schon in der Volksschule war er so gewalttätig, dass er die letzte Klasse wegen schlechten Betragens verlassen musste. 1939 machte er endlich Notabitur, da war ja schon Krieg. Erst war er bei der Hitlerjugend, dann kam er als Flakhelfer an die italienische Front. Dann zum ersten Mal nach München. Als Gruppenführer. Waffen SS ...“

„Eine steile Karriere?“

„Er hat nicht so viel erzählt. Nur von so einem Auftrag Anfang 1944. Da hatte man ihn wieder zurück in die Heimat geschickt. Hatte wohl mit neuen Waffen zu tun. Aktion Alpenfestung, hat er immer gesagt.“

„Und dann?“

Neumair wirkte bereits erschöpft. Sie zündete sich eine neue Zigarette an. Zog daran, ehe sie weitersprach.

„Nach der Besatzung der Amerikaner ist er abgehauen. Italien. Ich glaube, dass er dort jemanden gekannt hat. Jedenfalls kam er bald wieder nach Gmunden zurück und übernahm die Büchsenmacherei. Der Vater war ja gestorben. Alles lief gut, *Grün's Geschoßwaren* wurde immer größer. In den Achtzigern ging er mit der Produktion nach Deutschland zurück.

Sie schenkte sich noch ein Glas Kräuterlikör ein. Zog wieder an der Zigarette.

„*Grün's Deutsche Geschoßwaren AG.* Fabriksneubau. Der Rest ... deutsches Wirtschaftswunder! Jaja, ein Wunder, der Grün.“

Die Ironie um ihre Lippen war nicht zu übersehen. Der Brandner setzte den letzten Strich unter die Zeichnung.

„Wie war er privat, der Herr Grün?"

„Ich sag Ihnen, wie er war." Sie lehnte sich über das rotweiße Tischtuch zu ihrem Gast. Stinkiger Raucherdunst kroch dem Brandner in die Nase.

„Pervers! Das war er!" Voller Hass nahm sie einen Schluck. Diesmal aus der Flasche.

„Er hat zugeschlagen, stimmt's?"

Es war ein Schuss ins Blaue. Doch Uschi Neumair fand nicht die Kraft, ihm in die Augen zu schauen. Peinliche Stille entstand. Verlegen tat er, als machte er sich Notizen.

„Der Heinrich war nicht immer angenehm", gab sie schließlich leise zu. „Hat mich betrogen, ab und zu. Aber ich hab ihn geliebt ..."

Ein Grund, jemanden umzubringen? Angesichts ihrer plötzlichen Tränen ging Brandner fürs Erste darüber hinweg.

„Was wissen Sie über seine Geschäfte?"

„Nun ja ... er sei Geheimnisträger, hat er immer gesagt. Nur einmal, da hat er mir was erzählt, im Suff ..."

Sie flüsterte, wirkte plötzlich ängstlich, als weilte der Grün noch im Raum. Neumair tat einen tiefen Zug und hustete laut.

„Das mit den Waffen, hat er gesagt, das ist erst später so groß geworden. Unser Geld kommt woandersher." Sie lachte bitter und rollte die hübschen Kuhaugen. „Unser Geld, ha! Kaum sind wir mal weggefahren, ein, zwei Mal im Jahr, gab er mir am ersten Tag ein wenig Geld. Kauf dir was Schönes, hat er dann immer gesagt, der Heinrich. Am Ende des Urlaubs musste ich selbst bezahlen. Halbe-halbe hat er gemeint, der Millionär."

„Sie verdienen bestimmt ihr eigenes Geld."

„Ich bin Schauspielerin. Kein Engagement", flüsterte sie bedrückt.

Er wusste nicht, was er darauf antworten sollte. Ein kurzes Lächeln huschte über Neumairs Gesicht. Eine Frau, froh über die wiedergewonnene Freiheit. Dass nun alles endlich vorbei war. Keine Watschen mehr für Geld. Aber es würde nie vorbei sein. Er suchte Selbstvertrauen in ihrem Blick. Vergeblich.

„Wieso haben Sie ihn nicht verlassen?"

Seit Beginn des Verhörs lag es ihm auf der Zunge. Sie schaute überrascht auf.

„Verlassen? Es war Heinrich Grün!"

Er musste ihr Recht geben. Jemand wie er hätte das nicht akzeptiert. Zudem hatte ihr der Fabrikant finanzielle Sicherheit geboten. Zumindest in der Theorie.

„Reine Routine, Frau Neumair, ich muss Sie das fragen. Waren Sie in München am letzten Montag?“

„Ich war hier. Die ganze Zeit in meinem Reich.“ Sie deutete ironisch um sich und lächelte matt. „Hab ferngeschaut.“

„War jemand bei Ihnen in der Zeit?“

Sie schüttelte den Kopf. Tat noch einen letzten Zug und streifte den Tschick in den billigen Plastikbecher mit Werbeaufschrift. Ein Teil fiel daneben. Der Brandner sah zu, wie die Asche ein weiteres Loch ins rotweiß karierte Tischtuch brannte. Der zerkratzte Tisch kam zum Vorschein. Billiges Resopal.

Zur Verdeutlichung ihrer tristen Einsamkeit nahm Uschi Neumair die Fernbedienung zur Hand. Sie stellte die Soap lauter. Der Brandner verstand. Er dankte höflich und verabschiedete sich.

„Etwas ist seltsam“, meinte sie noch. Sie war sitzen geblieben, er war schon an der Tür.

„Ja?“

„Ab und zu fehlt er mir. Irgendwie.“

Und doch hat man schon für weniger gemordet, dachte der Brandner. Und du hast kein Alibi. Und bist grad einen Rutscher vom Salzkammergut entfernt.

19.

Er ließ sich treiben. Trotz des Schnürlregens waren Zehntausende unterwegs. Noch nie hatte er so viele Betrunkene auf einmal gesehen. Nicht einmal zuhause am Ausseer Kirtag oder am Ischler Bauernherbstfest. Fremdländische Mädchen mit Dirndl und Kopftuch, Japaner, die ihre weißen Beine in billig bestickten Krachledernen zur Schau stellten, und Münchner. Münchner über Münchner! Alles schob und lachte und trank sich durch die Zeltstraßen hindurch. Es war Wiesnzeit!

Die lauten Massen störten ihn nicht. Ganz im Gegenteil. Er genoss es, ein Teil von ihnen zu sein und doch zugleich niemandem anzugehören. In dieser Stimmung gab er sich dem Trubel hin, ließ sich treiben. Bewegte sich durch die Zeltstraßen ohne genaues Ziel.

Bräurosl, las er endlich auf einem der vielen Eingangsschilder. Er war schon am Treffpunkt angelangt. Ein Blick auf seine alte Schaffhausen zeigte: fünf Uhr dreißig! Eine halbe Stunde zu früh. Sein Leben lang kämpfte er mit der Zeit. Und nun das.

War er verliebt? Na ja, ein bisschen verknallt war er schon. Noch nie hatte ihn eine Frau wie Mona Milani ausgeführt. Ein Date ganz ohne Frage. Warum sonst hatte sie ihn eingeladen, mit ihr auf die Wiesn zu gehen? Sie war exotisch, aber auch großmäulig. Und doch fühlte er sich ihr so vertraut. Er beschloss vorsichtig zu sein. Dachte an Stella und an die Susi. Hals über Kopf verlieben, das hatte ihm noch nie Glück gebracht.

Mit der Dienstmarke passierte er die Türwächter am Eingang. Das Zelt war bummvoll. Girlanden hingen von der Decke. Eine Jodlerin sorgte für Bombenstimmung. Kaum war der urtümliche Gesang aus, traten die Südtiroler Spitzbuam etwas zu laut in Aktion.

Die Besucher schienen ihm hier noch fantasievoller gekleidet als anderswo vor den Zelten. Auffallend viele Männer. Manche hatten etwas zu rote Lippen, manche traten sogar in Kleidern auf. Es war halt so etwas wie der Salzkammergut-Fasching bei ihnen zuhaus!

Eine der Kellnerinnen hatte ihm den Tisch gezeigt und auch gleich die erste Maß hingestellt. *BKLA München* stand auf dem Kärtchen. Der Inspektor steckte den kleinen Strauß Vergissmeinnicht in das erbetene Wasserglas und pflückte die Blüten zärtlich zurecht. Die reizende Mona sollte nicht glauben, ein Ösi-Bulle wisse nicht, was sich gehöre.

„So allein, Süßer? Mit deinen Blumen ..."

Er war geschockt. Hatte der ihm tatsächlich an den Hintern gefasst? Stumm verneinend deutete der Brandner zum Schild auf dem Tisch. Da machte sich der junge schlanke Mann mit den langen Wimpern schon lächelnd neben ihm breit.

„Besser du schleichst di!", knurrte der Brandner zornig, ehe sich der hinsetzte.

„Tussi du!", kam es zurück. Das schrille Kreischen, der zickige Augenaufschlag, es war zu viel. Der Brandner zückte die Dienstmarke. Schimpfend zog der Junge davon, ein paar Tische weiter fand er Freunde. Nun sahen alle böse zu ihm herüber.

Kopfschüttelnd spülte der Inspektor seinen Ärger hinunter. Mit dem herrlichen Bier kam seine Laune wieder. *Himmel der Bayern* stand da am Krug.

Seine Gedanken kehrten zur Vernehmung zurück. Der alte Grün hatte seine Freundin also nicht gerade gut behandelt, sofern Uschi Neumair nicht log. Was sie in Grüns Fänge getrieben hatte, lag auf der Hand. Ein reicher alter Fabrikant und eine arbeitslose Schauspielerin. Der Brandner kannte viele Fälle wie diesen. Geendet hatten sie alle gleich. Die Frau kam irgendwann ins Frauenhaus. Oder der Mann ins Grab.

War sie deshalb bei Grün geblieben? Hatte sie darauf gewartet, jahrelang? War sie ihm endlich eines Tages nachgefahren. Mit Schladminger und falschem Vollbart verkleidet ins Ischler Museum gefolgt, um sich an ihrem Peiniger abzureagieren?

Uschi Neumair hatte die passende Körperstatur und für eine wenn auch zweitklassige Schauspielerin wohl genug Talent zur Tarnung. Oder hatte sie, was natürlich leichter gewesen wäre, jemanden angestiftet zur Tat? Grüns Tod war für sie jedenfalls eine Erlösung. Er hatte ihren Hass förmlich riechen können in der kleinen heruntergekommenen Wohnung in Hasenbergl. Inmitten deprimierender Vorstadttristesse.

Vielleicht kam ja auch ein zu erwartendes Erbe dazu. Er würde den Birngruber morgen auf der Heimfahrt anrufen. Sie mussten Grüns Notar ausfindig machen und die Verlassenschaft klären. Dort fanden sie vielleicht ein Motiv.

Doch warum hätte Uschi Neumair gerade Bad Ischl wählen sollen und dort aufwendig einen Raubmord inszenieren?

Hätte sie den Alten nicht viel einfacher in München um die Ecke gebracht? Als Fremde fiel es ihr zweifellos schwerer, sich im kleinen Bad Ischl zu verbergen. Vor allem zur stillen Nachsaison. Je länger er nachdachte, desto unwahrscheinlicher erschien ihm Uschi Neumair als Mörderin. Er ließ sie als Verdächtige fallen. Vorerst.

Der Brandner fuhr hoch. Schon wieder wanderte eine Hand auf seinen Schoß! Mona Milani lächelte ihn an.

„Sauber", sagte sie und platzierte sich neben ihm. Sie trug das blauweiße Dirndl. Hatte es nur um ein pinkfarbenes Halstuch ergänzt. Sie war die schönste Prinzessin der Welt.

„Sauber siehst du aus, Gustl, in deiner Ledernen!“
Er lief rot an.

„Die Bräurosl ist das beste Zelt hier auf der Wiesn. Ich kann die Schickimicki-Leut vom Weinzelt nicht leiden! Hier sind nur schräge Vögel, keine Spießer. Und jeden ersten Wiesn-Sonntag ist Gay Sunday. Lustig nicht?“

„Sehr“, murmelte er und dachte an den Vorgeschmack von vorhin. Was seine Toleranz anbelangte, hörte die an seinem Hosenlatz auf.

„Der Schwulensonntag ist übermorgen, den hat der Münchner Löwenclub eingeführt. Und Bräurosl, das steht zu Ehren von der Pschorr Rosi drauf. Das war die Tochter vom uralten Bierbrauer hier.“

Die Kellnerin kam, begrüßte Mona mit einer Umarmung und stellte ungefragt eine Maß Bier auf den Tisch. Offenbar kannte man sich.

„Einen Schweinebraten für den Herrn!“, bestellte sie, noch bevor er protestieren konnte. Mona winkte energisch ab. Dann lächelte sie und setzte den Maßkrug an. Er zählte. Drei, vier, fünf Sekunden! Der Brandner staunte nur so. Stella hatte nie getrunken. Und sogar die verrückte Susi trank kaum.

„Sauber!“, keuchte Mona und wischte sich mit der Prinzessinnenhand den Schaum vom Mund.

„Ordentlicher Zug“, meinte er, nur damit er wenigstens etwas sagte. Er war noch immer nervös, während sie mit lockerer Zunge sprach.

„Wie war's bei der Neumair?“

„Du weißt es?!“

„Gustl!“ In ihrem Blick lag eine Mischung aus Vorwurf und Mitleid. „Wir vom BLKA sind überall!“

Als er sie so ansah, mit offenem Mund, prustete sie los.

„Entschuldige! So ein Blödsinn. Ich hab das Programmfenster extra offen gelassen für dich. Du hast doch immer so über den Tisch gelugt!"

„Wieso hast du mir dann nicht einfach von ihr erzählt?"

„Bundesnachrichtendienst! Strengste Geheimhaltung. Ich durfte nicht. Wär eine Dienstverfehlung gewesen. Aber ich habe gehofft, dass du es liest."

Er kam sich wie in einem James-Bond-Film vor.

„Neuartige Waffensysteme. Grün war der Industriespionage verdächtig. Mehr kann ich dir echt nicht sagen. Das geht bis nach Washington. Pentagon!"

Für einen Moment war sie ernst geworden. Nun grinste sie wieder.

„Und jetzt?"

„Jetzt sind wir hier. Dienst ist Dienst. Und Bier ist Bier."

Sie lachte aus vollem Hals. Er lachte mit.

„Und drum ...", Mona fischte das erste Krusterl seines Schweinebratens vom Teller, fütterte ihn wie ein Kind, „drum legen wir los! Wir haben nur diese Nacht."

Sie steckte ihm noch ein Brezenstück in den offenen Mund.

Und dann entführte sie ihn. Es wurde ein Abend wie aus Tausendundeiner Nacht. Diese Nacht veränderte ihn. Er lernte eine neue Mona kennen. Eine Perserin von uraltem Geschlecht. Eine echte Verwandte des Schahs, und zugleich die erste Heldin der Studentenbewegung, einen verfolgten Flüchtling der iranischen Revolution.

Gustl Brandner war kein Trinker. Doch nach vier Maß hatte er einen sitzen. Einen ordentlichen! An der Seite dieser Frau war ihm plötzlich alles egal.

„Hab's gewusst", lallte er selbstgefällig, als sie sich gegenseitig stützend zum Taxistand führten. Mona sah ihn unsicher an.

„Was?"

„Dass du eine echte Prinzessin bist."

„Eine Münchnerin", beharrte sie.

„Eine Münchner Prinzessin", wiederholte er. Es klang traurig.

„Vielleicht komm ich dich mal besuchen", setzte sie nach, als sie seinen Blick sah.

Und da passierte es. Mit einem Mal drückte sie ihre Lippen auf seinen Mund. Ein Moment unendlicher Süße. Wie reife Marillen. Und Münchner Bier. Sie lächelte noch einmal kurz, wie vom anderen Stern. Dann war sie zwischen den Zelten dahin.

Mit schwerer Schlagseite betrat der Brandner sein Hotelzimmer. Es war halb drei.

Als er am nächsten Mittag aufwachte, brummte sein Schädel. Er riss sich zusammen und suchte – wieder im Taxi – *Grün's Deutsche Geschoßwaren AG* in München-Untermenzing auf. Als er ausstieg, stand er vor verschlossenen Türen. Feierabend!

Mit gepackter Reisetasche ging es direkt zurück zum Hauptbahnhof. Das Kopfwehmittel wirkte nur langsam. Während der Fahrt versuchte er sich in der Erstellung eines Täterprofils. Mit wenig Erfolg. Sein ganzer Geist wanderte immer wieder zu einer Person zurück. Mona Milani, die Frau aus dem Märchenland, hatte ihn tatsächlich geküsst. Die Prinzessin aus Persien und ihr Frosch.

20.

„Dir liebe Gerti, euch liebe Altmanns. Jaja, es sind halt wieder einmal unsere lieben Gmundner Familien ...“ Das alte Theater spendete Beifall wie verrückt. „Dir lieber Doktor Brösl, dir liebe Rösslerin, weltberühmte Kunstexpertin in unserm bedeutenden Ort. Dir lieber Sandgruber Hans, und dir lieber Reingruber! Danke, dass du so super Lederhosen spendierst für unsere Tombola! An alle Sponsoren, herzlichen Dank, dass ihr da seid's! Und so brav habt's wieder alle gezahlt!“

Bürgermeister Deingast sonnte sich im Applaus. Er saß ganz oben im Hochstand, den man eigens für diesen Abend auf der Bühne errichtet hatte. Publikumsraum und Logen waren voll bis auf den letzten Platz. Feuchtfröhlich blies man zum Höhepunkt des Gmundner Faschings. Es war Jägerball! Halali!

„Unserer Freiwilligen Feuerwehr, dem lieben Sparverein mit unserer Dorli am Ruder, und vor allem unseren geselligen Damen vom Gmundner Strickverein. Danke, dass ihr den Ball wieder so schön organisiert's! Auch unserer Band, den Räuberbuam, die uns wieder so brav zum Tanzen aufspielen! Und nicht zuletzt Dank an unseren Landesjägermeister Benno Buck, der extra aus Bad Ischl gekommen ist.“

Der Applaus hielt sich in Grenzen. Ein Ischler wurde hier höchstens geduldet, selbst wenn er ein Jäger war. Und ein Baron.

„Nicht zu vergessen unser Toni von der Bergrettung. Danke für die Erste Hilfe! Und seiner braven Gattin. Danke Mitzi! Überall hast du uns so schön die Hörner aufgehängt ...“

„Echt toll, die Deko", lallte Benno Buck dem Brandner ins Ohr. Der Inspektor spürte den Ellbogen in der Rippe und sah hinauf. Dutzende Geweihe baumelten an der Decke über dem Saal.

„Na ja", brummte der Inspektor missmutig, „wie immer. Niemand bedankt sich bei der Polizei."

„Und dem Brandner!", rief der Deingast, als könnte der nun auch noch Gedanken lesen, „für den Ballschutz. Und, Brandner ... ein bisserl nüchterner bleiben als letztes Jahr!"

Der Bürgermeister erntete Gelächter, der Chef der Salzkammergutpolizei verdrückte sich rasch ins Dunkel der Loge. Der Bühnenspot war schneller. Verlegen schaute der Brandner in die grinsende Ballgesellschaft hinein.

„Mach dir nichts draus!", beschwichtigte der alte Buck launig und stieß ihm noch den anderen Ellbogen in die Seite. „Der hat's auch net leicht ... so ein Bürgermeister."

Tatsächlich sah der Deingast viel schlechter aus, seit er neuer Kaiser von Gmunden war.

Vor wenigen Monaten hatte man es erfahren. Der alte Bürgermeister Steinbichler habe im Lotto gewonnen. Tags darauf wurde der Steinbichler dann plötzlich krank. Per Privatjet, so wurde getratscht, gehe es bereits zur Erholung. Man munkelte von Rentierjagden in frischer Bergluft in Kanada. Dann wieder hieß es, das Kurinstitut liege mehr südlich, zwischen Fidschi und Tonga. Genaueres wussten nicht einmal die Genossen von der roten Partei.

Tatsache war, dass sich der Steinbichler ein Altenteil zu- und sein Amt zurücklegte. Und so genas der gute Mann bald gemächlich unter der Herbstsonne seines neuen Gutshofs am schönen Attersee.

Selbstredend hatten die Genossen sofort nach Steinbichlers Rückzug die Zukunftshoffnung der roten Partei bekniet. Es gelte die schmerzliche Lücke zu füllen. Zum Wohle Gmundens! Doch Steinbichlers treuester Kronerbe zierte sich. Vor allem das umfangreiche Tourismusgeschäft zehre all seine Kraft, betonte der Deingast. Die liebe Gesundheit plage ihn schon beharrlich, vor allem seiner braven Frau wolle er unnötigen Stress ersparen! Hinter der Rathaustüre hatte man freilich heftig gepokert. Und schon bald zog der Deingast voller Stolz ins Bürgermeisterbüro.

„Ein Großer unseres Ortes", so Gmundens Neuer salbungsvoll, „ist von uns gegangen. Lieber Gott, schau halt auf unseren Grün. Ein braver Stammgast des Jägerballs. Ihr wisst es alle, der Heinrich, der hat uns ...", der Deingast pausierte mit gebrochener Stimme, „die Büchse gegeben! Jägers Werkzeug. Unsere Würde, unseren Stolz!"

Totenstille trat in den Saal. Dann Getuschel. Jeder bewunderte Deingasts Gebet.

„Wär ein prima Pfarrer geworden!"

„Mei, so einfühlsam ..."

„Unser Deini ...", säuselte die Direktorsgattin vom Bergrettungsdienst.

„Lieber Heini!", seufzte der Deingast und wischte am Auge, „wir wünschen dir heute ...viel Kraft! Und den Hinterbliebenen Waidmannsheil ... äh -dank!"

Eine Predigt ohne allzu frommen Abschluss. Der Brandner wusste warum. Der Bürgermeister hatte schon meisterlich zugelangt. An der Jägerbar.

„Und jetzt ...", Frau Deingast schnappte sich das Mikro und schnarrte in die Menge, „die Eröffnungsworte vom Oberjäger: Baron Buck, wir lassen schön bitten!“

Der alte Buck wankte schneidig zur Bühne. Ein paar Gmundner pfiffen. Doch jeder im Saal gedachte der legendären Taten des Ischlers. Bucks Abschüsse gingen in die Zehntausende. Alleine der selige Kaiser hatte sich wohl mehr Krickerl aufs Kerbholz geritzt. Deingasts drückten dem Alten das Mikro in die Hand.

„Liebe Jägerinnen, liebe Jäger, eins sag ich euch: Auf unsern Grün! ... Trinkt's ein Schnapserl!“ Der Buck bekam Schluckauf im roten Schädel.

„Waidmannsdank!“ Schon hatte sich die Deingast wieder das Mikro geschnappt. Der Alte stolperte vor Ärger und riss gar noch den Bürgermeister um. Umschlungen landeten sie am Hosenboden. Die Räuberbuam spielten vor Schreck einen Tusch. Alles lachte. Der Jägerball war für eröffnet erklärt.

„Eröffnet!“, befahl Frau Deingast vor Zorn. „Auf geht's, Burschen! Und jetzt, die Tanzjugend!“

„Mei, schön!“ Die Dorli hatte sich beim Brandner fest eingehängt und deutete zur Tanzfläche. „Komm, Gustl, wie damals am Kirtag, wir fegen drauflos!“

„Na ja ...“, fand der Brandner und dachte viel lieber an die Folgen des Abends. Den Kuss in der Toskanabucht. Ob die Dorli wohl ...?

Doch die war schon wieder weg und gab lieber dem Sandgruber Knut ein Bussi. Und einen Walzer obendrauf. Auch der Deingast hatte sich unters Volk gemischt. Das Treiben nahm seinen Lauf.

„Wie war's denn in München?“, fragte der Birngruber. Der Ball war das erste Zusammensein seit der Rückkehr des Chefs.

„Interessant. Vor allem die Freundin."

„Der Grün hatte eine Freundin?"

Brandner nickte.

„Uschi Neumair. Gescheiterte Schauspielerin. Wohl eher so was wie seine Sklavin. Sie hat ihn gehasst und gefürchtet. Und gibt's sogar zu. Hat kein Alibi für den Mordtag."

„München liegt grad mal drei Stunden vom Salzkammergut entfernt", meinte der Birngruber vielsagend.

„Genau, Seppi. Finde bitte heraus, wer Grüns Nachlass abwickelt. Wahrscheinlich ein Münchner Notar. Ich will wissen, wer Grüns Geld bekommt. Auch die Neumair schaust dir ein bisserl an, gell?"

„Und die Kollegen?" Der Birngruber notierte bereits eifrig in seinen Notizblock.

„Kollegin, meinst du wohl. Mona Milani."

„Na und?"

„Na ja ... die ist auf Zack."

„Auf Zack." Der Seppi schmunzelte. Er kannte den Chef. Wenn der so herumdruckste, als interessierte ihn eine Frau nicht die Bohne, dann war's schon fast um ihn geschehen. Auch noch eine Kollegin! Da kamen garantiert bald Probleme daher. „Apropos. Wo ist denn die Susi?", fragte er vorsichtig.

„Ach die", knurrte der Brandner. „Hör mir bloß auf!"

„Also dann. Ab in die Disko!", grinste der Seppi.

„Geht nicht! Der Bürgermeister will, dass wir die Loge bewachen. Der Sandgruber wartet noch auf den Scheich."

„Ach wo!", lachte der Spies vom Nebentisch mit erhobenem Glas. „Eingespart, die Araber! Der Scheich Achmed hätt müssen den Flug selbst bezahlen. Da bleibt er lieber zuhaus."

„Dafür kaufst mir ein Lebkuchenherzerl!“ Die Dorli lachte und gab dem Brandner noch ein Bussi dafür. „Dann werd ich Herzkönigin!“

„Ach komm, Chef“, flüsterte der Birngruber, „das bisserl Polizeischutz erledigen wir halt nebenbei.“

Er hatte nicht Unrecht. Die Prominenz verteilte sich bereits überall im Theater. Sogar der alte Butterer von der Bundesbank swingte schon auf der Tanzfläche. Man war froh, dass er doch noch nach Gmunden gekommen war. Laborierte er doch merklich an seinem Tanz mit einem tschechischen Bären. So einen Jagdunfall steckte nur ein beinharter Banker wie der Butterer weg. Und so gab's weiter Kredit. Für den Sandgruber. Und für ganz Gmunden. Und für den Ausbau der Geisterbahn. Gott sei Dank.

„Sauerei!“ Der alte Buck kam in die Loge getorkelt. „Net einmal einen Satz darf i redn!“

„Kumm her, Baron“, tröstete ihn der alte Sandgruber, „kriegst einen Hirschen dafür.“ Mit dem Abschussgeschenk hatte der Schotterbaron den echten Royalen im Nu versöhnt. Buck fasste schon nach der Kellnerin. Noch einen Spritzer! Mit Schlagseite ging's hinab zur Wildererbar.

„Also gut, Seppi, gemma.“ Der Brandner schob den Wachtmeister hinterher.

Mit fortschreitendem Abend war die Sause auch dem Brandner noch recht lustig geworden. Sie wechselten zwischen dem Schmankerlbuffet im ersten Stock und der Sandgruber-Loge. An der Wildererbar im Keller wimmelte es vor trachtigen Dirndln. Die Zirbenzapfen-Musi trompetete Hit um Hit. Vor allem ihren neuesten, *Wenn i zum Schiaßn geh.*

„Damenüberschuss!“

„Ach wo, Chef!“ Der Birngruber sah verlegen auf die Dirndln und dann hinab auf seine Goiserer.

„Schau nur, Seppi, sogar die Milli ist da!“, grinste der Brandner mit Blick auf das tolle Treiben.

Tatsächlich. Die Postensekretärin versuchte durch das Tanzgewühl zu gelangen, doch da wurde sie schon wieder von einem Schürzenjäger gepackt.

„Die spinnt doch, die Flitschn!“, schimpfte der Birngruber, der schon den ganzen Abend lang so tat, als hätte er sie nicht gesehen. Millis On-Off-Zärtlichkeiten am Revier waren dem sensiblen Wachtmeister einfach zu viel geworden.

„Gemma schiaßn!“, schlug der Birngruber vor.

„Na gut“, grinste der Brandner. „Ich schau nochmal zu den Promis. In zehn Minuten beim Schießstand. Dann hau ich dich rein!“

Der bierselige Seppi drehte dem Chef eine Nase und leerte sein Krügerl Eggenberg, während sich der Brandner zur Treppe zurückkämpfte. Auch das noch! Der Reingruber verstellte ihm kurz vor der Sandgruber-Loge den Weg.

„Wie schaut's aus, Gustl?“, tönte der hübsche Nobelschneider. „Hast schon wen in der Reißen?“

„Wenn ich's dir erzähl, weiß es morgen ganz Gmunden“, brummte der Brandner unhöflich.

„Ach geh!“, lachte der Reingruber verbindlich. Neuigkeiten waren schließlich gut fürs Geschäft. „Wenn du mich fragst ...“, flüsterte er ungefragt, „der Janisch war's! Der von Ischl. So ein Wilderer, der hat böses Blut. Und dann auch noch Kommunist, wie man hört.“

„Danke, Reingruber! Mit deinem Tratsch haben wir den Fall bald geklärt.“

Nun schaute der Schneider doch säuerlich drein.

„Gehst mit zum Armbrustschießen?", grinste der Brandner, sein Scherz tat ihm leid. „Der Seppi ladet uns ein auf ein paar Schuss."

„Ich hol den Stammtisch!"

„Ach geh! Pfeif auf den Spies. Der trifft heut eh nimmer. Hat schon längst einen Rausch!"

Doch der Schneider war gleich dahin. Ohne den Spies war ein Wettschießen kein rechter Spaß!

Kurz vor Mitternacht hatte der alte Sandgruber die Oberen der Jagerei um sich geschart. Den Butterer von der Bundesbank, den Fessler vom Gmundner Forst, den Grünauer Wimmerl und all die anderen Waldkameraden von Vorchdorf bis Bad Wimsbach. Sogar

der alte Lois aus Altmünster war gekommen. Kurz, das ganze schießwütige Salzkammergut!

Man trank und mauschelte über Frauen und Wilderer. Der Sandgruber verschenkte den letzten Sekt. Alles blickte bereits mit einem Auge zum Tanz auf der Bühne, gleich folgte die Kür der Herzkönigin. Nur der Brandner stand mit dem Rücken zur Loge und lauschte. Schließlich war er ja nicht zum Vergnügen da.

„Jo mei, hab ich mir halt das Gnack a bisserl g'stessn", winkte der Sandgruber launig ab, denn auch er war verunfallt. „Dafür hab ich dann noch zwei Bären erwischt! Und einen Oligarchen am Fuß."

Die Jäger lachten und stießen die Krügerl zam.

„Genau!", grinste der Spies und hakte sich beim Butterer unter. „Beim Jagen passiert halt auch was, da dürft man ja gar nimmer wegfahren!"

Zehn Minuten vor zwölf. Gemurmel füllte den Theaterraum. Der Altbürgermeister traf ein. Es gab Pfiffe. Doch der Steinbichler nahm's gelassen und hatte zum Schutz schon die Frau Deingast im Arm. Zu *Here Comes The Sun* bahnte sich der Altbürgermeister seinen Weg durchs Gewühl. Die Bühne war nun ganz voll. Alles tummelte und wiegte und drehte sich. Die Räuberbuam spielten zum letzten Tanz auf.

„Wieder genesen, der feine Herr Ortskaiser?", pöbelte Baron Buck den Altbürgermeister an. Doch keiner gab etwas darauf. Der Altjäger war besoffen und wankte bereits die Treppe hinauf. Er würde sich wie immer das Treiben aus der Loge ansehen. Der Jägerball näherte sich seinem Höhepunkt, der Kür der Herzkönigin.

Am Stand der Armbrustschützen nahm der Stammtisch noch seine Aufstellung.

„Burschen, da fehlt was!“ Der Spies winkte dem Dirndl mit dem Tablett und dem Schnaps.

„Eins, zwei ...“

„Zam!“, ertönte es im Chor und die Stamperl klirrten.

„Jetza!“, lobte der Spies seinen trinkfreudigen Montagstisch. „Jeder einen Blattschuss!“

„Drei Schuss spendier ich“, bestimmte der Birngruber in Geberlaune.

„Du hast das Vorrecht, Seppi! Wo du uns ja einladest ...“, lachte der Brandner.

Der Birngruber leerte das zweite Schnapserl. Dann legte er den Pfeil ein. Er hob die Armbrust und konzentrierte sich. Visierte die Scheibe. Zählte Sekunden. Er schoss.

Ein Tuscher! Vor der Zielscheibe ging eine Gestalt zu Boden.

„Blattschuss“, staunte der Spies mit offenem Mund.

„I war's net!“, stammelte der Seppi.

„Ach geh, Depp, der kommt von oben!“ Der Spies deutete, alle blickten zu den Logen hinauf.

„Jessasmaria!“ Die Dorli kippte dem Brandner willfährig in die Arme. Doch der drückte sie dem Reingruber in die Hand und war als Erster beim Opfer. Es hatte ein weißes Tischtuch mit sich gerissen. Halb eingewickelt mit dem Gesicht nach unten regte sich der Mann nicht mehr. Unter ihm lagen Geweihe. Der weiße Stoff färbte sich dunkelrot.

Brandner fasste den Mann vorsichtig am Geweih und versuchte ihn zu drehen. Es war ...

„Der alte Buck!“

„Der Baron“, hauchte der Seppi kreidebleich.

„Mausetot“, stammelte der Spies. Der Armbrustpfeil ragte aus Bucks Seite hervor.

„Platz da! Ich übernehm das!"

Frau Doktor Fuchs hatte sich vom Richter Beugner gelöst und kämpfte sich durch die Menge. Dichter und dichter standen die Ballgäste um das Opfer. Der Auflauf am Schießstand war nun auch auf der Tanzfläche bemerkt worden. Die Kapelle hörte zu spielen auf. Gemurmel füllte den Saal.

Die Füchsin raffte das Dirndl und kniete sich hin. Als sie den Ischler ganz herumdrehte, schrien jene, die ihm am nächsten standen. Auch der Brandner musste sich zwingen hinzusehen. Zwei Geweihenden standen dem Buck zur Brust heraus.

Der Brandner schob die Schaulustigen zurück. Er deutete dem Birngruber hinauf. Der drehte den Daumen nach oben. Er würde Bucks Loge sichern und sofort mit der Befragung in den anderen Logen beginnen, falls sich noch jemand in der Nähe befand. Nach ihrer Erfahrung wollte keiner etwas zu tun haben mit einem Todesfall. Schon gar nicht, wenn es um einen toten Ischler ging! Und es machte erst recht keinen Sinn, tausend Gäste am Verlassen des Theaters zu hindern.

„Nur die Logengäste und das Personal!", rief er also dem Seppi nach. Der Brandner drehte sich wieder zur Leiche und schaute die Ärztin fragend an. Die Füchsin hielt noch immer ihre Wange prüfend an Bucks Gesicht. Er hatte Schaum vor dem Mund.

„Negativ", verkündete sie ernst.

Rundherum gespenstische Stille. Ein bitterer Hauch lag in der Luft. Es roch nach Tod. Dann breitete sich das Gemurmel des Schreckens wie ein Lauffeuer im Ballsaal aus.

„Der ist nicht von alleine da runtergeplumpst!" Die Füchsin zeigte auf ein paar blutige Schnitte in Bucks

Gesicht. Der Brandner nickte und bat sie, mit ihrem Handy die Linzer Tatortgruppe zu informieren. Mit der Dienstmarke in der Hand drängte er die rasch wachsende Menge zurück. Er hatte nun alle Hände voll zu tun, um die Schaulustigen in Schach zu halten.

„Jessas!" Der Deingast kämpfte sich herbei.

„Zurücktreten!", erklärte der Brandner knapp. „Auch der Herr Bürgermeister."

„Und die Mitternachtseinlage?", rief der Deingast empört.

„Behördlich geschlossen."

„Aber das ist der Höhepunkt!" Wütend drängte sich die Frau Deingast vor und hielt dem Inspektor eine Handvoll baumelnder Herzen hin. „Die Herzkönigin habt's mir g'stohlen!", schrie sie. Auch ihren Bürgermeister traf ein vernichtender Blick.

„Das war's, Brandner", rastete nun der Deingast aus, „ein paar Prominente schützen, sagt man zu dir. Und du? Du bringst mir dafür die Ischler um!"

„Den schau ich mir später genauer an", flüsterte die Füchsin noch schnell und weg war sie.

Der Inspektor schluckte seinen Ärger und ignorierte den Gmundner. Jetzt galt es die heißen Spuren zu sichern.

„Morgen früh, Brandner! Um neun!" Der Deingast war knallrot im Gesicht. Der Ellbogen seiner Frau traf ihn. „Punkt zehn", stöhnte der Bürgermeister, „bei mir im Büro! Und jetzt ... Jetzt räumt's mir die Sauerei da weg!"

Wütend schoben die Deingasts ihre Bürger zur Seite und rauschten hinaus.

Die zweite Leich in der Woche, dachte der Brandner und zog den Notizblock heraus. Ein toter Ischler in Gmunden! Jetzt hatte er tatsächlich den Scherben auf.

21.

Der Mann kämpfte sich durch den feuchten Wind. Die Kälte vom See fuhr ihm ins Bein. Tatsächlich. Es war ihm erstaunlich leicht gefallen. War genau so gewesen, wie er es sich ausgemalt hatte. Töten war ihm fast schon zur Gewohnheit geworden. Mehr noch, es verschaffte ihm Befriedigung.

Ohne außer Atem zu kommen, legte er die paar Schritte bis zur Traunbrücke zurück. Er brauchte ein wenig frische Luft.

Ein Kinderspiel war es gewesen, unbemerkt aus dem Theater zu gelangen. Alles hatte in Panik von der Tanzfläche zum Ausgang gedrängt. Er hatte sich einfach treiben lassen.

Zufrieden zog er den Flachmann heraus und gönnte sich einen Schluck. Ein Glück, dass er den dicken Janker gewählt hatte. Der Wind war von bissiger Kälte und die Herbstnächte im Salzkammergut waren rauer als anderswo. Vor allem hinter dem Pötschenpass, dort oben in Altaussee, brachten sie bisweilen schon Schnee, der oft bis ins Frühjahr hinein liegenblieb.

Mit einem Mal kamen wieder die Bilder. Ein Frühling wie damals. Weiß und kalt.

Der tauende Schnee auf der Lichtung am Fichtenwald. Die Gewehrsalven. Der Tod. Kein Frühlingsbeginn, sondern ein tragisches Ende war es geworden. Vor fast siebzig Jahren.

Die nasskalte Brise am See holte den Mann aus den traurigen Memoiren zurück. Ein dritter Schluck! Er schlug den Schladminger auf und holte Bucks Weste hervor. Dann schnitt er alle Knöpfe herunter und warf den Loden in weitem Bogen hinab in den See.

Kurz sah er ihm nach, dann hüllte er sich tiefer in seinen Schladminger und ging über die Brücke zur Schiffslände. Dort bestieg er das Mietauto, das er seit der Früh geparkt hatte. Er musste noch hinauf nach Aussee. Und dann in die Federn. Morgen blieb viel zu tun ...

Zur selben Zeit wachte der Brandner am Theaterportal. Die Tatortgruppe traf in Kürze ein. Natürlich war General Gruber persönlich wieder mit von der Partie. Der Leiter des Landeskriminalamtes würde kaum erfreut sein. Schließlich zwang ihn zum zweiten Mal in der Woche eine Leiche ins Salzkammergut.

Der Brandner tippte auf Serienmord. Nicht zuletzt aufgrund der Ähnlichkeit beider Fälle. Bis auf die Logengäste im ersten Stock und das Personal hatte er alle Besucher nach Hause geschickt. Einer war geblieben: der Mann auf dem Parkett. Damit hatte Baron Buck die Mitternachtseinlage geschmissen. Und natürlich den Ball überhaupt.

22.

Punkt zehn Uhr Vormittag. Gustl Brandner stand am Rathausplatz. Hundemüde. Nun kamen noch die Bauchschmerzen dazu. Er schüttelte sich im Gedanken an die missliebigen Morgenstunden. Bis in die Früh hatte er mit den Linzer Spezialisten das Theater auf alle möglichen Spuren untersucht. Der Birngruber war noch betrunken, die Füchsin boshaft wie immer und General Gruber stinksauer gewesen.

Nach der Versiegelung des Theaters war die Tatortgruppe zurück nach Linz gefahren. Vier Uhr vierzig war es schließlich geworden. Ermittlungen und ärztliche Untersuchung hatten Folgendes erbracht: Nachdem Buck Stichverletzungen zugefügt wurden, die wohl – laut Doktor Fuchs' erster Analyse – an sich schon zum Tode geführt hätten, war er offenbar über die Brüstung gestürzt worden. Er hatte im Herabfallen noch zwei Geweihe von der Decke gepflückt und war genau über dem Schießstand zu Boden gegangen. Wo ihn zu allem Überfluss Birngrubers Pfeil getroffen hatte und er noch an Ort und Stelle verblichen war. Offenkundig blunzenfett. Um zwei Minuten vor zwölf! Der Tod war augenblicklich eingetreten, soweit die ärztliche Feststellung. Die genaue Todesursache könne sie frühestens am Montag bekannt geben, hatte die Füchsin gemeint.

Müde schleppte sich der Inspektor die Stufen hinauf in die Gmundner Tintenburg. Farbkübel standen im frisch geweißelten Stiegenhaus. Ein Mann in blauer Kluft brachte offensichtlich im Sonntagspfusch eine riesige Marmortafel mit Goldlettern an. *Didi Deingast – Bürgermeister*.

Die Sekretärin hatte den Inspektor bereits über den Rathausplatz kommen sehen. Er war dankbar für den doppelten Espresso, den sie ihm gastfreundlich hinstellte.

„Er ist gar nicht gut drauf", bekam der Brandner zu hören und er führte kaum die Tasse zum Mund, da sprang schon die lederbeschlagene Eichentür auf.

„Na endlich, der feine Herr Brandner! Sag, wann trägst du eigentlich wieder mal Uniform?"

Wie üblich behielt der Deingast zur Begrüßung die Hand im Hosensack. Stattdessen zog er seinen Gast ins Büro und knallte die Türe zu.

„Reine Absicht", brummte der Brandner in den unbequemen Besucherstuhl genötigt. „Ich komm lieber zivil daher, sonst werden die Leut schnell nervös."

„Großartig. Unser Inspektor Inkognito", heuchelte der Deingast mit falscher Freundlichkeit. Er hatte es noch nicht aufgegeben, den störrischen Beamten zu disziplinieren. „Typisch!", donnerte er nun aber los, „da verlangt man nur Polizeischutz für ein paar Promis, und du bringst uns dafür die Ischler um!" Sein Polizeichef senkte das Haupt. „Wo warst du, Brandner, als die Leich runtergeplumpst ist?!"

„Aha! Buck ist also tot geplumpst?"

„Stell dich nicht blöd!", drohte der Deingast und sprang von seinem riesigen Lederfauteuil hoch.

„Ich war selbst als Erster dort", seufzte der Brandner. „Die Amtsärztin kam gleich danach, konnte nur mehr den Tod feststellen. Der Birngruber und ich haben uns gleich an die Untersuchung gemacht."

„Und? Was gefunden?!"

„Nichts", gab er leise zu. „Aber ich dachte, du hast das Unglück mitangesehen?"

„Na ja ... ich war grad im Amtsgespräch ...", meinte der Deingast gedehnt.

„Die Präsidentin vom Strickverein?"

Der Bürgermeister fiel empört zurück in seinen Thron. Was gingen den Brandner denn seine Termine an?

„Wie gesagt, Doktor Fuchs untersucht noch die Todesursache."

„Ist doch klar, Brandner! Herzinfarkt!"

„Herzinfarkt wird's eher nicht sein."

„Papperlapapp!“, schrie der Deingast und baute sich vor seinem widerspenstigen Polizisten auf. „Hast du nicht Bucks Gesicht gesehen? Ein Säufer wie der ...“

„Sieht eher nach Mord aus, wenn man Doktor Fuchs glaubt. Nierenstiche sind selten angeboren ...“

„Mord? Bei uns da?“, herrschte ihn der Bürgermeister an, dem jeder Sinn für Ironie fehlte. „Spinnst du? Und der Fremdenverkehr?!“

„Tut mir leid, Chef. Das muss erst noch ...“

„Nix da, Brandner!“, brüllte sein Gegenüber. „Die Stadtpolizei ... bin ich!“

„Mit Verlaub. Die Todesursache wird ...“

„Schlussaus!“ Der Deingast war nicht zu bremsen. „Ich seh schon die Schlagzeile: Ischler Baron in Gmundens Theater zu Tode geschubst!“

„Wahrscheinlich gibt's auch einen Zusammenhang mit dem Ischler Mord“, probierte es der Brandner, „vielleicht liegt der Skandal ja dort ... in München. General Gruber tippt auf einen Serienmord ...“

Der Deingast schien nachzudenken.

„Es gibt also Spuren nach München ...“, wiederholte der Ortskaiser. „Dann wär das bei uns im Theater ja wohl auch a bayerische G'schicht?“

Der Brandner hob die Achseln. Dann nickte er.

„Ich werd mit dem Blitzer konferieren. Unter Kollegen!“, tönte der Bürgermeister. „Was da zu tun ist. Und du klärst mir das schnellstens auf. Wir können keine schlechte PR gebrauchen, davon haben ja schon die Ischler genug!“

Der Deingast hob huldvoll die Hand und winkte zum Ausgang. Das Zeichen der Entlassung. Demütig wich der Brandner zur Tür. So war das also: Die zwei Neuen ließen ihre Verbindungen spielen. Auf seine Kosten! Das konnte ja heiter werden ...

Der Inspektor schleppte sich über den Rathausplatz. Er brauchte eine Mütze Schlaf. Wie gebeten hatte sich der Birngruber gleich in der Früh noch durch alle Datenbanken gefressen und die Recherchen zum neuen Mordfall der Rosi gebracht. Als Brandner seine Villa betrat, fand er Seppis Kopien bereits auf dem Spiegelschrank.

Neugierig stapfte er die Treppe hinauf. Wer war er gewesen, dieser Benno Buck? Nach einem Schwenk an die Zimmerbar sank Brandner mit einem Zirbenschnaps und dem Vorleben der Leiche in der Hand ins Bett.

Benno Buck, wie er im bürgerlichen Österreich schlicht hieß, war ein Spross des Barons von Buck, entstammte somit einer uralten Ischler Adelsfamilie. Hatten sich Bucks Großeltern noch ausschließlich um die eigenen Wälder gekümmert, so kümmerte sich sein Vater um den Aufbau einer chemischen Fabrik. Benno, Jahrgang 1922, hatte zwar das Ischler Gymnasium beendet, nicht jedoch ein in Wien begonnenes Forstwirtschaftsstudium. Der Aufstieg des jungen Barons ergab sich anderswo: als Soldat im Dritten Reich. Eine auffällige Parallele zu Grüns Biographie.

Genaueres, so der Birngruber in seinem Bericht, wisse man nicht. Die Daten der amerikanischen Besatzer seien unvollständig. Jedoch habe die Fabrik seines Vaters für den Krieg produziert. Von der US-Besatzungsmacht war der junge Buck erstaunlicherweise als minder belastet eingestuft worden. Im Jahre 1946 oder 1947 kam er nach Ischl zurück und übernahm als einziger Sohn seiner Eltern alle Ländereien und den Betrieb. Buck machte einfach weiter wie im Krieg. Nur ging es nun nicht mehr um Kampf- und Entwesungsgas, sondern um zivile Produktion. Zukäufe in den Jahren des Wiederaufbaus machten Benno Buck endgültig zu einem der reichsten Grundbesitzer im Salzkammergut. Unter anderem hatte er wildreiche Gebiete rund um die Loser Alm erworben. Das gepflegte Almhaus hatte er neben dem Ischler Stadthaus bis zuletzt regelmäßig bewohnt. So wie der Grün sein Jagdhaus am Offensee. Das auffälligste Verbindungsglied zwischen Buck und Grün war die Jagd, die beide aktiv, aber offenbar nicht gemeinsam ausübten.

Mehr bekam Brandner nicht mehr mit. Er fiel in unruhigen Schlaf.

Allerlei Fremde durchkreuzten seinen Traum. Da verfolgte ihn ein steckbrieflich gesuchter Mörder, den er vor versammeltem Saloon-Stammtisch zu Tode schoss. Eine persische Prinzessin, die es vor gierigen Goldschürfern zu retten galt. Zum Finale traten auch noch zwei wild gewordene Stadthäuptlinge auf. Mit lose sitzenden Colts forderten sie ihn zum Duell.

23.

Die Sonne stand tief, als er schweißgebadet erwachte. Sechs Stunden Schlaf! Dennoch fühlte sich Gustl Brandner kaum erfrischt. Nach einer weiteren lenkte er den Karmann-Ghia über den dämmrigen Pötschenpass. Als er endlich Bucks Almhütte erreichte, war es dunkel geworden. Einsam lag die Alm im Mondlicht da. Eine große Lichtung trennte das zweigeschoßige Holzhaus vom Waldhang. Dahinter ragte der Loser auf, düster und majestätisch zugleich.

Der Brandner streifte die Gummihandschuhe aus dem Handschuhfach über. Vom Auto waren es nur ein paar Schritte über den vom Mond beschienenen Schotterplatz, er verlieh der einfachen Hütte den Hauch eines Anwesens. Es war ihm, als huschte Bucks Geist über ihn hinweg. Er fuhr herum. Griff instinktiv in den Janker. Dann lächelte der Brandner über sich selbst und steckte die Glock zurück. Irgendwo schrie ein Käuzchen zur Balz.

Der Brandner brauchte die Polizei-Dietriche nicht. Der in Bucks Sakko in der Loge sichergestellte Schlüssel passte in die grob gezimmerte Eichentür. Er machte Licht.

Es war ein Déjà-vu, die Sammlung eines Verrückten! Noch irrer als beim Jäger Grün, wie der Inspektor fand. Zebras und Nashörner glotzten neben Eichhörnchen von der Wand. Alles war genauestens und auf eigens angefertigten Holzschildern mit Abschussort und Datum dokumentiert. All die leuchtenden Glasaugen verfolgten ihn auf seinem Streifzug durchs schaurige Interieur. Ein Horrorladen!

Der Brandner begann mit dem Wohnzimmer im oberen Stock. Auf dem Tisch mit alter geklöppelter Spitzendecke lagen schachtelweise Gewehrpatronen herum. Offensichtlich hatte Buck nicht nur Munition unversperrt gelagert. Gegenüber der raumhohen Bücherwand hingen mehrere Jagdbüchsen unter den Trophäen.

Der alte Baron war abgesehen vom lockeren Umgang mit Munition offenbar ein Ordnungsmensch gewesen, hatte alles penibel verräumt und verstaut.

Der Brandner wusste nicht genau, wonach er suchte. Er spürte jedoch, dass hier die Lösung zu beiden Morden zu finden war, oder zumindest Hinweise darauf. Denn schon seit dem Betreten der Hütte juckte sein Brandner-Zinken, und diese Spürnase belog ihn nie.

Nach den wenigen Möbeln im Wohnzimmer und dem kleinen Bad nahm er sich das Erdgeschoß vor. Zwei vergilbte Fotos in einfachen schlanken Holzrahmen zierten die Wände des Schlafzimmers. Sie zeigten dieselben vier Personen in Wehrmachtsuniform und datierten augenscheinlich aus den dreißiger oder vierziger Jahren. Die Männer saßen im Schnee vor der Hütte. Als sonnengebräunte Burschen posierten sie mit einer toten Gams und beim Bier danach, die gebrochenen Krickerl lagen daneben auf dem Tisch. Jeder trug dieses Funkeln der Jugend, ein Zukunftslächeln. Und etwas Herrisches lag in ihrem Blick.

Auf einem der Bilder fehlte der junge Buck. Er hatte wohl fotografiert.

Brandner nahm die Fotos von der Wand. Sie mussten versuchen herauszufinden, wer darauf zu sehen war.

Ein einziges Sommerfoto fand sich noch in der Bauernkommode, verborgen in der untersten Schublade unter einem Stapel unbenutzter Bettwäsche. Es war klar jüngeren Datums und mochte vor etwa zwanzig Jahren entstanden sein. Buck war merklich gealtert. Eine junge, großgewachsene Blondine mit züchtiger Gretchenfrisur schlang von hinten die Arme um den Hals des Barons. Uschi Neumair! Traurigkeit lag in ihrem Blick.

Brandners Nase juckte wie wild. Benno Buck posierte mit beiden Händen auf einen Spaten gestützt. Am oberen Bildrand war ein einzelner Nadelbaum zu sehen, im Hintergrund in einiger Entfernung die Hütte.

Rasch griff er sich die Taschenlampe und eilte hinaus. Der Vollmond leuchtete und er verzichtete auf die Lampe. Mit wenigen Schritten erreichte er den einsamen alten Lindenbaum auf der Lichtung. Dahinter stieg der Loser steil an. Er umschritt den Baum, verglich den Blick hinüber zur Hütte mit dem Foto. Plötzlich brach er ein. Ein Loch! Notdürftig verdeckt mit Zweigen und Moos.

Der Brandner befreite seinen schmerzenden Knöchel von der Erde. Sie roch frisch. Er krabbelte wieder heraus. Auf den Knien schob er das lockere Gestrüpp ganz beiseite und legte die Höhlung etwa in der Größe eines Kindes frei. Nervös blickte der Inspektor zum Mond hoch, schließlich nahm er die Lampe zu Hilfe. Fein säuberlich geschlichtet lagen sie nebeneinander, wie vier zu große Konservendosen. Aufgeschnitten. Einmal mehr hinkte er einen Schritt hinterher.

24.

„Wie frisch gekotzt siehst du aus! Was treibst du denn bloß in der Nacht ...“

Ihre Augen strahlten vor Boshaftigkeit. Doktor Fuchs musterte ihn von oben herab.

Doch Gustl Brandner war nicht zum Plaudern aufgelegt. Nach unzähligen Anrufen hatte sie endlich abgehoben. Hatte ihn gnadenhalber auf die Gerichtsmedizin bestellt. Montag neun Uhr. Nur so viel, es gebe Neuigkeiten, hatte sie noch gemeint.

Nun saß sie vergnügt hinterm Schreibtisch ihres Büros in der Gerichtsmedizin. Der Brandner spähte vergeblich nach einem Stuhl. Notgedrungen schnappte er sich einen der Drehhocker für medizinisches Hilfspersonal.

„Also?“, fragte er anstatt einer Antwort.

„Also was ...?“, lächelte sie ihn an und tat so, als suchte sie in ihren Papieren. Dann zündete sie sich entspannt eine Zigarette an.

„Die Neuigkeit!“, brach es aus ihm heraus.

„Goldig“, hauchte sie. „Wie ein Bub, der naschen will! Wenn er doch nur wüsste, wo die süße Schokolade ist ...“

Er schluckte am Ärger. Es war wie immer. Hatte sie etwas herausgefunden, so spielte Frau Doktor Spielchen. Kostete ihren Triumph aus. Quälte ihn bis aufs Blut!

Lässig streifte sie die Asche ab und griff zum Häferl am Schreibtisch. Herrlich duftete frischer Kaffee.

„Also?!“, knurrte der Inspektor gereizt.

Sie erhob sich gemächlich. Wie ein Raubtier um sein Opfer strich die Füchsin um ihn herum ohne ihn anzusehen. Plötzlich knallte sie ein Foto vor ihm auf den Tisch.

„Was siehst du, Brandner!“

Es war der Buck in Großaufnahme. Die Augen blutleer, tiefe Schnitte verteilt über das bleiche Gesicht. Der Brandner wandte den Blick ab.

„Was siehst du?!“, wiederholte sie streng und zog ihn gar noch am Ohrwaschel.

Er hasste ihre Spielchen. Sein Magen rumorte. Die Gastritis meldete sich schon wieder zurück.

„Grausamkeit“, hauchte die Frau Doktor die Antwort selbst in sein heißes Ohr.

„Genial!“, zischte er wütend. Das hatten sie ja bereits am Tatort festgestellt. „Und die Todesursache?“

„Such’s dir selber aus“, gab die Füchsin zurück. „Nierenstich. Dazu ein paar geschlitzte Blutgefäße. Der Genickbruch vom Sturz, vom Geweih nicht zu reden.

Hat ihm die Lunge durchbohrt, steht alles in meinem Befund." Sie dozierte von oben herab.

„Tatwerkzeug war ein Messer mit scharfer Klinge. Zehn bis fünfzehn Zentimeter lang."

„Wir haben nichts gefunden in der Loge."

„Es kann auch ein zugespitzter Brieföffner gewesen sein, eine lange Feile oder Ähnliches. Jedenfalls etwas Schmales. Buck ist innerlich verblutet. Schrecklicher Todeskampf."

Da war wieder dieses Leuchten in ihren Augen. Eine unheimliche Frau!

Natürlich war der alte Buck kein Menschenfreund gewesen, ein Säufer, ein boshafter Querulant. Doch ein solches Ende hätte der Brandner selbst seinem schlimmsten Feind nicht gewünscht.

Sie blies einen kunstvollen Kringel über seinen Kopf und freute sich daran wie ein Kind. Den letzten Zug der Zigarette paffte sie ihm genau ins Gesicht.

„Wieso hat man den Buck denn nicht schreien gehört?", fragte der Brandner.

„Mund verstopft. Das blutige Tischtuch, du erinnerst dich? Im Mund habe ich Fasern gefunden. Außerdem war wieder Chloroform im Spiel. Geringe Mengen im Blut. Gerade so viel, dass er nur benebelt war. Kam wohl rasch wieder zu sich."

„Genau wie bei Grün", murmelte er.

„Er sollte sein Sterben spüren. Am ganzen Leib ..." Sie nickte vergnügt. Er hatte wieder Magenschmerz.

„Die Loge war verschlossen, als der Seppi oben eintraf. Das heißt wohl, dass der Täter dem Buck vorher den Schlüssel abgenommen und vor und nach der Tat abgeschlossen hat, bevor er dann verschwand", folgerte der Brandner.

„Um nicht gestört zu werden“, stellte sie fest.

Er nickte. „Der Augenblick war günstig. Alles wartete auf die Mitternachtseinlage und wollte zur Tombola.“

„Vielleicht haben sie einander gekannt“, mutmaßte die Füchsin.

„Eine Möglichkeit“, gab der Inspektor zu. „Der Kellner konnte sich auch nur an einen Gast erinnern. Mit Schnauzbart. Der war kurz zuvor bei Buck in der Loge.“

„Bestimmt wollten die anderen Ballgäste nichts zu tun haben mit ihm! Volltrunken wie der Buck ständig war. Fast zwei Promille.“ Angewidert steckte sie sich eine neue Zigarette an.

„Da wär noch was“, fuhr sie geheimnisvoll fort. „Ich hab’s ja nicht gleich verstanden, am Ballabend ...“ Sie paffte ihm mitten ins Gesicht. „Als ich mich über den Buck gebeugt habe, wollte er etwas sagen.“

„Was?!“

Sie nahm einen tiefen Zug.

„Irgendetwas wie ...“

„Wieso hast du nichts erzählt?!“ Wieder stieg der Zorn in ihm hoch.

„Ich wollt halt nachdenken, ob ich’s richtig verstanden hab. Schließlich hat der nur gelallt.“

„Na und?“

„Sissi, hat er gesagt“, entschied sie und drückte den Tschick aus. „Außerdem ...“, fuhr sie fort, „hat der Täter wohl bedacht, dass der Buck noch einige Momente lang leben könnte. Er wollte aber ganz sichergehen. Also ...“ Sie vollführte eine kunstvolle Bewegung mit dem Brieföffner.

„Also?!“

Sie lächelte wie ein Engel. Unschuldig schön. Und grausam.

„Also ... schnitt er dem Opfer die Zunge ab."

Mit bleichem Gesicht stürzte der Brandner zur Tür.

„Ach Gustl ...", rief sie in gespielter Verzweiflung. „Wohl zu viel für dich? Tsts ... was hast du nur für schwache Nerven!"

Verfolgt von Nierenstichen und abgeschnittenen Zungen floh der Brandner aus der Gerichtsmedizin.

25.

„Was sagt die Frau Doktor?", fragte der Seppi beunruhigt. Nebenbei stopfte er sich die duftende Leberkässemmel hinein. Der Brandner, eben erst von der Toilette zurückgekehrt, griff sich auf den Magen. Er hatte sich kaum von der Aufregung um die kaltschnäuzige Füchsin beruhigt und nun das.

„Nierenstich", sagte er und blieb wegen der Frischluft am offenen Fenster. „Todesursache Herzstillstand. Zu starker Blutverlust. Dein Pfeil hat ihn nur an der Leiste erwischt."

Der Assistent seufzte hörbar erleichtert.

„Und was gibt's Neues aus München?", schmatzte der Birngruber.

„Die sind nicht grad die Aktivsten. Haben halt grad ihr Oktoberfest, die Kollegen. Da ist die Hölle los. Aber nachdem du nichts herausgefunden hast, werd ich die Kommissarin Milani bitten, dass sie wegen Grüns Testament nachforschen lässt."

Der Birngruber nickte.

„Ich hab dafür heute früh den Geier besucht", begann der Seppi und legte die Semmel zur Seite.

„Er und seine Christl waren am Samstagabend bei einer Hochzeit eingeladen. Unten in Graz. Hab's überprüft."

„Dann ist der aus dem Schneider. Was den zweiten Mord betrifft."

„Und auch den ersten. Es ist ihm nämlich noch etwas eingefallen, sagt er. Montagfrüh kam ein Paket mit Fotozubehör. Er hat es entgegengenommen, Linzer Paketdienst. Ich hab Geiers Visage dem Lieferanten gemailt. Der hat's bestätigt."

„Gut gemacht, Seppi. Der Geier ist also nicht unser Mann. Da gibt's aber noch einen Fleischhauer Jörgl, der hat den Grün gehasst wie die Pest! Den fragst du mir auch nach dem Alibi."

Der Birngruber nickte erneut.

„Gestern bin ich noch zu Bucks Almhaus gefahren."

„Und?"

„Nichts. Bis auf ein paar leere Kisten, genau wie bei Grün. Nur diesmal im Garten vergraben. Hier sind noch zwei Fotos. Mach dir Kopien davon. Wir müssen unbedingt herausfinden, wer hier im Freundeskreis zu sehen ist. Höchste Priorität!"

„Ich kümmere mich darum." Der Birngruber ging zum Kopierer.

„Fein, Seppi. Wo sind denn die Ergebnisse zu den leeren Kisten vom Grün?"

„Die Linzer brauchen noch, haben angerufen. Die wenden wohl irgendein neues Verfahren an."

Es hatte geläutet. Der Krapfenberger vom Goldenen Brunnen stand vor der Türe.

Er hielt dem Brandner eine grüne Lodenweste unter die Nase.

„Hab ich gestern beim Fischen gefunden, in der Traun. Genau unter der Hotelterrasse. Vielleicht hat's ja was mit dem Mord zu tun, hab ich mir gesagt."

„Danke, Krapfi." Damit schob er den braven Hotelier wieder zur Türe hinaus.

„Da sind ja alle Knöpfe heruntergeschnitten", stellte der Brandner fest, als sie wieder alleine waren. Er nahm die Weste mit spitzen Fingern und ließ sie in einen durchsichtigen Plastikbeutel gleiten.

„Hat ja vielleicht wirklich dem Buck gehört", meinte der Birngruber zwischen zwei Bissen. „Der ist im Hemd da runtergestürzt worden. Oben in der Loge lag nur sein Sakko."

„Genau, Seppi. Und du bringst das Ding nun auf die Gerichtsmedizin. Die Doktor Fuchs soll probieren, ob es der Leiche passt. Und falls ja, zur übrigen Kleidung und ins Labor damit! Ist doch seltsam, dass einer die Weste mitnimmt, um sie dann wegzuwerfen, aber man weiß ja nie. Vielleicht ergibt das alles noch irgendwie Sinn."

Der Birngruber nickte und stopfte sich den Rest Leberkäse in den Mund.

„Bevor ich's vergess ...", meldete sich der Wachtmeister nochmal, „heut früh hat der Förster angerufen. Schon wieder ein Wilderer! Kapitaler Rehbock. Hinterm Grünberg, knapp unterm Traunstein. Nur die Läufe hat man liegen gelassen."

„Das war der Janisch!", rief der Brandner zornig. „Er will uns zeigen, dass er keine Angst vor uns hat."

„Als ich heute Morgen bei der Janisch-Villa vorbeigeschaut hab, waren alle Rollläden heruntergelassen und sein Geländewagen war fort. Auch der Rolls-Royce. Janisch und Freundin sind also ausgeflogen."

„Jetzt haben sich die tatsächlich schon aus dem Staub gemacht …" Der Brandner schüttelte nachdenklich den Kopf.

Ohne erlegte Beute konnten sie dem Janisch die Wilderei kaum nachweisen. Bei Grün und Buck verhielt sich die Sache noch komplizierter. Schließlich ging es um Mord.

„Nur wegen einer Watschn bringt man noch keinen um", überlegte der Brandner laut.

„Und auch beim Jägerballmord steckt mehr dahinter, da ging's ja wohl kaum um ein bisserl Wildern im fremden Revier."

„Waffenschmuggel?"

„Hm …"

„Naja, beide Opfer waren Jäger, beide Waffennarren. Diese aufgebrochenen Munitionskisten. Dann war da noch die alte Pistole versteckt. Vielleicht haben die illegal Naziwaffen verkauft! Sammler zahlen Unsummen dafür!"

„Kann sein." Brandner klang nicht überzeugt. „Aber welche Rolle spielt dann der bärtige Alte aus der Loge? Der Kellner hat ihn gestern kurz gesehen. Fünftagebart, gab er zu Protokoll. Auch die Annie hat den Alten in Ischl als Bartträger beschrieben."

„Vollbart", korrigierte der Birngruber. „Richtig viel Wald im Gesicht, hat die Annie erzählt."

Der Seppi wandte sich wieder dem Wichtigsten zu und packte glücklich die zweite Portion Leberkäs aus dem Papier.

„Die herausgeschnittene Zunge, Seppi? Was sagt uns das?"

„Die Zunge …", rätselte der Birngruber schmatzend und leckte sich gemütlich über die Finger. „Verräter", meinte er plötzlich aufgeregt. „Schon im alten

Rom schnitt man Lügnern die Zunge heraus. Vielleicht hat der Buck den Täter betrogen. Außerdem ... bei so Brutalomorden ist doch immer irgendeine Frau mit im Spiel."

„Ein Eifersuchtsmord? Kann sein, Seppi. Würde zum Tathergang passen. Nur, dass der Janisch dann wohl kaum in Frage kommt. Der ist doch jetzt frisch verliebt!"

Wie man es drehte und wendete, sie kamen einfach nicht weiter. Die Lösung des Rätsels lag in beiden Fällen natürlich nur im Leben der Opfer selbst, beziehungsweise in deren Vergangenheit.

Genervt steckte der Brandner die Nase noch tiefer in seinen Zirbenschnaps. Das Aroma von Birngrubers Semmel störte seine Konzentration.

„Ja hat denn niemand am Ball fotografiert?", mampfte der Wachtmeister daher.

„Bravo, Seppi! Der Foto Fellner war den ganzen Abend lang dort! Genau den rufst du jetzt an." Damit schob er ihn energisch zur Türe hinaus und goss sich noch einen Zirben ins Glas, zur Erholung seiner Nase von Birngrubers Leberkäs.

Tatsächlich war Gmundens Promifotograf Fellner den ganzen Ball lang vor Ort gewesen, aber wie die meisten Gäste war der Knipser vor den lästigen Fragen der Polizei geflohen. Unter Birngrubers sanftem Druck kam er nun mit dem gesamten Rohmaterial aufs Revier. Die CD landete im Computer und innerhalb einer Stunde sahen sie tausende Bilder durch. Der Ballgast mit Bart fand sich leider nicht darauf.

„Schlau war der schon", stellte der Birngruber fest und öffnete den letzten Fotoordner. Sie näherten sich dem Höhepunkt. Zur Mordzeit hatte der Fellner von einer Seitenloge hinab auf die Tanzfläche fotografiert.

„Da ist der Schießstand!“, rief der Seppi.

Man sah bereits den Buck im weißen Hemd auf dem Boden. Ab nun hatte der Fotograf fast hundert Fotos geschossen. Die ersten Gäste drehten sich nach der Leiche um. Die Gruppe der Schaulustigen wurde größer, da erkannte der Brandner sich selbst. Dann die Amtsärztin. Dann den Bürgermeister.

„Da!“, rief der Inspektor aufgeregt. Der Birngruber zoomte das nächste Foto heran. Aufnahmezeit null Uhr zwei.

„Das ist doch ...“, stammelte Birngruber.

„Ja, Seppi, das ist er ...“ Der Brandner griff zum Autoschlüssel und knöpfte sich schon den Janker zu. „Großfahndung, Seppi! An alle Förster und Wirte. Und Vorsicht – der Gesuchte ist Kunstschütze und zu allem bereit. Mach ein Foto davon!“ Er wies auf den Bildschirm. „Vielleicht trägt der Janisch noch immer den falschen Bart.“

26.

„Wo ist er?“ Der Brandner herrschte ihn an. Er fragte ohne weitere Einleitung.

„Wer?“ Der KuK-Max verzog verärgert das weinrote Gesicht.

„Der Janisch! Wenn du ihn versteckst, bist du selber dran.“

Der KuK zapfte seelenruhig weiter an seinem Bier. Da kam der Sonnleitner zur Tür herein.

„Haltaus! Schon wieder der Kieberer!“

„Den Janisch ... wollen's sprechen.“

Der Wirt blickte den Sonnleitner verschwörerisch an.

„Als ob wir wüssten, wo sich der rumtreibt!“

„Es heißt“, fuhr der Inspektor zum KuK gewandt fort, „dass der sein Wild gleich zu dir bringt.“

Da schoss der KuK um den Zapfhahn herum.

„Du bist so gut wie tot, Gmundner ...“, flüsterte er dem Inspektor ins Ohr.

„Lass gut sein, Brandner“, beschwichtigte der Sonnleitner. „Der Johnny, der war schon lang nimmer da!“

„Dafür liegt sein Wild oben im Wald, nur die Läufe hat der Janisch liegen lassen. Man hat ihn gesehen!“

Der Brandner sprach nun absichtlich laut, so dass es im ganzen Lokal zu hören war.

„Was haben wir mit dem toten Rehbock am Hut?“, maulte der KuK. Aufsehen im eigenen Beisl war ihm unangenehm.

„Wer hat gesagt, dass es ein Bockerl war?“

Der KuK biss sich auf die Zunge.

„Und das? Frischer Rehbraten zur Schonzeit. Blöder Zufall!“

Er hielt dem Wirt die eigene Abendkarte vor das Gesicht.

„Was geht's dich an? Hab ich's halt ausgefroren.“

Der Brandner dachte kurz nach. Wildern war Ehrensache. Kein Wilderer würde einen anderen verraten, noch dazu, wenn dieser sein bester Kunde war. Doch er hatte so ein Gefühl in der Nase. Machte er hier Druck, dann würde der KuK seinen Lieferanten warnen. Der Janisch könnte nervös werden. Und Nervöse machen Fehler. Vielleicht befand sich ja die Museumsbeute bei ihm im Haus.

„Ich kann dir die Bude auch zudrehen“, legte der Brandner mit drohendem Unterton nach.

„Mach dass du rauskommst!“

Der Hals vom KuK war immer röter geworden. Praktischerweise löschte er den Durst gleich frisch vom Hahn.

Am Stammtisch hatte sich der Sonnleitner erhoben. Er krempelte schon seine Ärmel hoch. Nur Bürgermeister Blitzer verzog sich rasch hinter die Bar.

„Sauft eh viel zu viel, dein Dicker. Dann schaut er immer unsere Dirndln blöd an!"

Der Sonnleitner knackte mit den Fingerknöcheln und lachte unschön.

„Heut hast du deinen Dicken mal nicht dabei!"

Dem Brandner wurde nun langsam unwohl. Jetzt stand auch noch der Baumann breitbeinig da. Wie von Geisterhand.

„Du und dein Kollege Beingruber!", lachte der Wirt böse.

„Wachtmeister Birngruber", gab der Brandner gelassen zurück. „Und wir buchten euch gern alle ein!"

Der Inspektor bewegte sich einen Schritt auf den Stammtisch zu. Alle stierten ihn an, doch sie zögerten.

„Denk dran, Gmundner ... die Stadt gehört mir!", drohte der KuK. Er kam mit der Flasche in der Hand hinter dem Zapfhahn hervor.

„Und der Wald?", lachte der Inspektor abschätzig.

„Vor allem der Wald."

„Du hältst dich an kein Gesetz, Max."

„Ich bin das Gesetz!", schrie der Wirt. Der Brandner lugte zur Tür. Nun ging's um Sekunden. Wie ein ganz mieser Westernfilm, dachte er. Alles roch nach einer Mordsrauferei.

„Jessasmaria", erklang es da. Im letzten Moment.

Der Brandner fuhr herum. Pfarrer Sams stand am Tisch und schlug das Kreuzzeichen.

„Um den Johnny geht's!", rief der KuK mürrisch. „Der Depp will ihn einbuchten. Wegen dem toten Rehbock am Traunstein. Erst haben's ihn verprügelt, jetzt schicken's uns die Gmundner die Spaßpolizei! Armer Johnny!"

„Samstag. Spät abends", beharrte der Brandner. „Der Janisch war unterwegs ..."

„Der Johnny war's nicht", gab der Pfarrer Sams gegen jede Gewohnheit nüchtern zurück.

„Ah so? Der hat uns jetzt lang genug alles abgeknallt!"

„Er nicht. Der war in Gmunden. Hat mich im Jeep mit runtergenommen. Ich bin dann mit dem Nachtbus zurück. Da ist sein Jeep noch dort oben gestanden. Am Kirchenplatz. Samstagnacht."

„Danke, Hochwürden", grinste der Brandner. Damit war klar, dass der Janisch zur Mordzeit in Gmunden gewesen war. Er war tatsächlich der Bärtige vom Jägerball. Hatte ein Mordmotiv. Aber kein Alibi.

„Schad ... unterm alten Gendarmen hätt's noch Schläge gesetzt. Das waren halt Zeiten." Der Sonnleitner krempelte die Ärmel zurück.

„Heut sind sogar schon die Bullen fad."

Der Inspektor atmete auf und stellte den Stuhl wieder hin.

„Da hast du's, Brandner", brummte der KuK zufrieden und senkte das Bierflaschl. „Na, was ist? Willst Wurzeln schlagen?"

„Kumm, huck dich her, Gmundner Bua!"

Es war der Baumann. Der Brandner grinste. Zog seinen Janker aus und hängte ihn über den Haken. So wurde es doch noch ein vergnüglicher Abend für alle. Nur für einen nicht. Johnny Janisch hatte sich rechtzeitig geschlichen. Aus dem Hinterzimmer des wilden Lokals.

27.

„Schleicht's eich!", schrie ihm der Verfolgte herüber. Doch der Brandner dachte ja gar nicht daran. Er hatte bereits Sichtkontakt. Ein echter Zufallstreffer war es gewesen. Die Fahndung lief schließlich erst seit zwei Tagen. Dank des Ballfotos hatte man den Janisch eindeutig identifiziert. Was machte ein Ischler Wilderer am Gmundner Jägerball? Noch dazu mit falschem Bart. Es gab nur eine Erklärung: die Rache am natürlichen Feind.

Damit hatte Johnny Janisch auch für die Entkräftung des Verdachts im Fall Grün schlechte Karten. Ein Alibi der Lebensgefährtin taugte ja wohl nicht viel. Natürlich hatten sie auch die Janisch-Villa bereits unter die Lupe genommen, doch bisher ohne Ergebnis. Wie gesagt, der Johnny war schlau.

Heute Mittag war dann am Revier der Anruf eingelangt. Irrtum ausgeschlossen! Man habe das Gesicht vom Fahndungsfoto erkannt. Janisch sei in Gmunden beim Grünbergwirt. Unterm Stein. Die Grünbergwirtin selbst hatte die Bestellung aufgenommen und sich erst nichts gedacht dabei. Jägerschnitzerl mit Bärlauchknödeln, dann die Topfenpalatschinke zum Schluss. Danach drei Stamperl Marillenschnaps. Das sei ihr dann aber doch komisch vorgekommen, dass da einer beim Jägerschnitzel saß mit der Flinte im Arm und dieser Art schwarzer Kriegsbemalung am Kopf. Dann sei der weitermarschiert.

Nun hatten sie den Janisch gestellt, auf der Lenaustiege knapp unterm Stein.

„Komm schon! Lass uns reden!", rief der Brandner dem Davonkletternden nach. Der Birngruber keuchte abgeschlagen hinterdrein. Seit der Janisch die Polizei hatte kommen sehen, hatte er die Hände vom Handlaufseil genommen, um schneller zu sein. Frei balancierend lief er über die Hängebrücke wie ein Artist.

„Tu's nicht, Johnny!", wiederholte der Brandner. Er blieb stehen und hielt beide Hände über den Kopf als Zeichen, dass er gar nicht bewaffnet sei.

„Tu's nicht ...", äffte der Schwarzgesichtige seine Jäger nach. Es klang schadenfroh, gar verächtlich.

„Der Grün?", rief Brandner über die Brücke hinüber, um Zeit zu gewinnen. „Wie hast du's gemacht?"

Dann hantelte er sich wieder nach vor. Der Janisch behielt den Verfolger im Auge. Er ging nun rückwärts. Setzte einen Schritt hinter den anderen, mit grimmigem Blick. Hatte er die Frage nicht gehört?

„Ist doch egal für euch, ob ich springe. Einer weniger, ganz egal! Nur die Sauerei da unten, die stört dich!" Er deutete zum Traunsee hinab. Dann stieg er mit einem Bein über den Handlauf.

„Stell dir besser nicht vor, wie du ausschaust nachher." Der Brandner neigte den Kopf seewärts. Doch Janisch hievte bereits das zweite Bein über das Seil.

„Und der alte Buck? Warum hast du den Buck fertiggemacht am Jägerball?", rief Brandner, bemüht, jede Panik aus seiner Stimme zu halten.

„Der Benno? Bist deppert?" Die Überraschung klang echt. „Ein feiner Kumpel eigentlich. Leider ein Nazi, ein verdammter!"

„Lass uns reden, Johnny!"

„Zum Teufel mit dir!“

Er lachte höllisch. Dann ließ er los. Ein paar Sekunden vergingen. Schrecklich lange Sekunden. Dann der Aufprall.

Dem Brandner wurde übel vor Angst. Man hatte ihm einmal erzählt, dass bei dieser Absprunghöhe der Aufprall auf Wasser dem auf Beton gleichkam.

Er riss seinen Blick los vom Abgrund, kämpfte die Übelkeit nieder und ging noch ein paar Schritte weiter. Aber hinter dem Felsvorsprung war wenig zu sehen. Die Brücke schwankte heftig, doch er überwand die Panik. Genau vor ihm lag sie in zwei Holzlatten verkeilt: die Flinte des Janisch. Mit letzter Kraft hängte er sie sich um und kletterte den schmalen Steig zurück, bis er den Birngruber erreichte. Sein braver Gehilfe telefonierte bereits. Gemeinsam brauchten sie eine halbe Stunde hinab ins Tal. Da lief schon die Aktion der Wasserrettung auf vollen Touren.

„Gemma, Chef!“, meinte der Birngruber. Es war finster geworden. Seit eineinhalb Stunden suchten die Boote mit Schweinwerfern Wasser und Ufer ab. Die Felswand fiel hier am steilsten ab in den See. Und der war bis zu hundertfünfzig Meter tief.

Immer noch starrte der Inspektor ins tiefschwarze Wasser hinab. Keine Spur vom Janisch.

„Das überlebt er nicht“, seufzte der Birngruber.

„Abwarten. Zäh, der Janisch!“ Seine Nase juckte. Er hatte so ein Gefühl, dass der waghalsige Wilderer noch höchst lebendig war.

„Der Mörder verliert immer. Schicksalsgerechtigkeit!“, orakelte der Seppi im Brustton der Überzeugung. Dann kratzte er sich am Kopf.

„Aber wieso lässt er die geliebte Flinte zurück?“

„Er musste. Bei einem Sprung aus dieser Höhe bedeutet der Aufprall auf ein Schießeisen den sicheren Tod."

„Genau!"

„Er wollte nicht sterben, Seppi. Darum ließ er die Büchse zurück. Außerdem hat er ja noch behauptet, er sei nicht schuldig. Der Buck sei doch sein Freund gewesen. Nehmen wir einmal an, er hat auch mit dem ersten Mord nichts am Hut. Wieso springt der Janisch dann in den möglichen Tod?"

Der Seppi dachte angestrengt nach.

„Ehre", meinte er endlich. „Beim Wildern erwischt zu werden, nichts wär schlimmer für den."

„Mag sein ..." Der Brandner runzelte seine Stirn. Doch überzeugt war er nicht.

28.

Er beobachtete sie durch das kleine Fenster vom Gang. Doktor Fuchs hantierte mit Nasen-Mund-Schutz im Leichensaal. Der Verwesungsprozess hatte trotz der Kühlung des Leichnams schon leicht eingesetzt. Schließlich war der Grün seit nunmehr zehn Tagen tot.

Auf sein Klopfen hin deutete sie dem Brandner in Richtung Büro. Eine Minute später kam sie hereingeschneit, umgeben von einer strengen Duftwolke und erstaunlich gut gelaunt.

„Lysol! Vernichtet Keime wie nix!", trompetete die Füchsin, während sie sich die Hände im Waschbecken mit Desinfektionsmittel wusch.

Er blieb ruhig sitzen und bemühte sich, keine Anspannung zu zeigen. Auf ihrem Schreibtisch lag ein grauer Plastiksack. Er erkannte den beschrifteten Beutel der Asservatenkammer.

„Und die Weste, vom Buck?“, fragte er.

„Ist seine. Hab DNA darauf gefunden, trotz des Wassers. Auch die Größe passt!“

Das wirkte so, als hätte der Täter eine Trophäe mitnehmen wollen. Doch warum hatte der Täter sie weggeworfen, warum die Knöpfe abgeschnitten?

„Also ...“ Sie leerte den Beutel aus.

Eine alte Hose aus Hirschleder mit grüner Zierstickerei und typisch grauer Patina kam zum Vorschein. Grüne Wollstutzen, Lodenweste, ein zerstückeltes dunkles Jagdhemd.

„Grüns Gewand“, stellte er erstaunt fest. Besser gesagt, er besah, was der Täter davon übrig gelassen hatte. Alles war verdreckt. Dünstete nach tagelang eingetrocknetem Blut, durchaus delikat. Die Brandner-Nase litt Höllenqualen.

„Es hat mir keine Ruhe gelassen“, triumphierte sie, „aber ich habe mich nicht geirrt. Natürlich nicht!“ Ganz gegen ihre Gewohnheit hatte sie wohl beschlossen, ihn nicht länger auf die Folter zu spannen und schlug die Lodenweste auf. Die vielen Schnitte hatten ihre Spuren hinterlassen. Das Innenfutter war stark zerschlissen.

„Na und? Hab’s extra aufgetrennt für dich!“

Und da endlich sah er es. Am unteren Saum. Etwas blinkte darin. Ein alter Schilling?

„Gold!“, zischte sie und biss ihn strafend ins Ohr. Der Brandner war baff.

„Gold?“

„Vierfach-Dukaten! Mein Papa ist Sammler. Der erste Vierer vom Prägejahr 1820 zeigte noch den alten Kaiser Franzl. Das da ist ein Ungarn-Dukaten mit dem

Sisi-Porträt. Österreichs Kaiserin, ungarische Königin!“, erklärte sie im Tonfall der Mutter zum einfältigen Kind.

„Wie viel ist der wohl wert?“ Mit spitzen Fingern im frischen Taschentuch nahm er ihr den Dukaten ab, begutachtete ihn und legte das Stück zärtlich zurück in den Beutel.

„Schlappe zweitausend. Der Täter hat ihn offenbar übersehen. Die fünfzehn anderen wurden fein säuberlich herausgetrennt. Wenn man es hochrechnet ... dreißigtausend!“

Der Brandner pfiff durch die Zähne.

„Dukatengold“, murmelte er ratlos. Doch er ahnte bald, wo die nötige Information zu finden war.

29.

„Ein Säufer! Obwohl man ja über Tote nix Schlechtes sagen soll.“ Greta Ott rümpfte die Nase und griff zum Champagner, ehe sie voller Genuss in den geräucherten Saibling biss. Kaisersemmeln, Roastbeef, Kaiserschmarrn ... Der Brandner kam sich wie ein Thronfolger vor. Sein Blick schweifte vom Frühstücksbalkon weiter über den gepflegten Vorgarten der Villa Seilern in die Ischler Berge hinauf. So wie er hatten sich einst wohl die Gäste der alten Reichsgräfin von Seilern gefühlt. Selbst Thronfolger Franz Ferdinand hatte lieber hier statt beim Kaiser soupiert. Als Gast Friedrichs und seiner Töchter, in die er sich denn auch verlieben hätte sollen. Doch der kommende Kaiser hatte sich nur in Friedrichs böhmische Hausdame verschaut, diese Gräfin Sophie sogar heimgeführt, und im Sommer 1914 schließlich prompt ins Verderben. Nach Sarajevo. In das serbische Attentat.

Der Brandner erwachte aus seinem historischen Traum. Heute galt die Villa Seilern als Ischls Luxushotel, in dem sich betuchtes Bürgersvolk durch die Suiten schob. Für Gichtgeplagte gab's das salzreiche Kaiserbad. Und für Mondäne wie Greta Ott den Kaiserbrunch.

„Alles in Ordnung? Noch eine Kaisermelange?"

Die neue Direktorin strahlte sie herzlich an. Sie war von steirischem Geblüt und hatte das alte Haus in kürzester Zeit wieder hochgebracht.

„Pipifein!"

„Dankeschön!"

„Wau!", machte der Mimmo dazu und bekam sogleich seinen Keks vom Silbertablett. Die Seele der Villa Seilern eilte beglückt zum nächsten Tisch.

Der Brandner kam wieder zum Anlass ihres Hierseins zurück. „Tja. So ist er also gestorben, der Buck. Ein Logensturz."

„Im Theater. Dramaqueen!"

„Na ja, so angenehm hatte er's nicht. Erst ein Nierenstich, dann wurde er aus der Loge geschubst, und dann das Geweih in der Brust! Fast so brutal wie der erste Mord."

Der Inspektor reichte Greta seufzend das Tatortfoto. Sie besah es zwischen zwei Schlucken Veuve Clicquot.

„Hat der Täter wieder Beute gemacht?"

„Ach wo. Man hat nur seine Weste gestohlen. Aber die Knöpfe waren heruntergeschnitten."

„Vielleicht Bubenspiele? Wie im Krieg der Knöpfe", lachte sie. Im Roman von Louis Pergaud bekriegten sich die Lausbuben aus zwei kleinen Dörfern. Zur Strafe

für Prügel schnitten sie den Verlierern nach der Holzschwerterschlacht sämtliche Knöpfe ab.

Der Brandner nickte schmunzelnd.

„Aber das ist doch der Janisch!“, rief sie plötzlich und studierte das Foto nun doch genau.

„Bei seinen Todfeinden“, bestätigte er. „Am Wildererball ... Also, erzähl mal, wo hat man ihn denn getroffen, den Herrn Baron?“

„Im Zauner. Ich sitz ja immer schon um acht Uhr früh dort. Der Buck kam fast jeden Morgen um neun. Dann hat er sich erst mal ein Glas Leitung bestellt. Wurstbrot ausgewickelt. Dazu gab’s aus der Thermoskanne Kaffee.“ Sie schüttelte empört den Zwanzigerjahre-Pagenkopf.

„Knausern kann eine Krankheit sein“, gab er zu bedenken. Schließlich hatte man oft genug von solch reichen Käuzen gehört.

„Ach hör auf, Gustl! Ein Millionär im Zauner und ein Jausenpaket!“

„Ich kannte ihn kaum“, gab er zu.

„Jedenfalls“, fuhr Greta fort, „haben sich die zwei nur zu gut gekannt. Der Buck und der Grün. Gleiches Alter, beide Jäger, beide stinkreich. Und dann ...“

Der Brandner nickte.

„Ihre Vergangenheit!“, rief die Greta triumphierend und belohnte sich mit einem weiteren Schluck vom Champagnerglas. „Auch so ein Nazi!“ Sie schimpfte weiter. „Aber nicht so radikal wie der Grün.“

„Na gut, beide waren Nazis. Aber weißt du noch mehr?“

„Tut mir leid, da musst du zum Harrer fahren. Der alte Steinmetz in Bad Aussee. Der war mit dem Buck noch im Krieg.“

Aha! Da lud er die Greta zum Kaiserbrunch, und alles nur, um dann nichts zu erfahren?

„Aber ich weiß, mein Lieber, dass sie sich heimlich getroffen haben! Und nicht hier in Ischl, wo's ein jeder gleich sieht“, Greta blickte sich im vollen Frühstücksraum verschwörerisch um, „sondern auf der Alm. Da oben haben sie ihre Pläne gewälzt ...“

„Pläne?“

„Na Nazipläne. Das Vierte Reich!“

Einmal mehr nahm er Gretas blühende Fantasie nicht mehr ernst. „Was, denkst du, wollte der Janisch am Jägerball?“, fragte er stattdessen.

„Vielleicht hat ihn der Buck eingeladen in die Loge. Der hatte mit Janisch ja kein Problem. Ich glaube sogar, der Buck hat ihn gemocht.“

„Und der falsche Bart?"

„Ein Jux! Der war zum Spaß dort", entschied die Ott. „So ein Wilderer ist oft lustiger, als man denkt." Der Inspektor schüttelte ungläubig den Kopf. Er brauchte mehr Informationen über Bucks Vergangenheit.

„Der alte Harrer", bekräftigte sie. „Dort fährst du jetzt hin!"

Sie hatte Recht. Gustl Brandner zahlte und erhob sich zum Handkuss. Sie lachte wie ein etwas zu sorgloses Mädchen und langte schon wieder nach dem Champagnerglas.

„Eines noch, Gustl ..."

Er drehte sich um.

„Immer schön brav auf die Fakten achten!" Sie grinste ihm breit daher.

„Ha! Du solltest mal meinen Job machen", seufzte er. „Das würd dich kurieren von deinen Fantasien."

„Ach wo, nur mein Hobby!", meinte sie unbekümmert. „Und du wirst beim alten Harrer in Bad Aussee dein blaues Wunder erleben. Wirst schon sehen!"

30.

„Kein Verlust für die Menschheit", bekannte der weißhaarige Mann. Vergeblich suchte man ein wenig Gnade in seinem Blick. Der Brandner unterdrückte den Niesreiz und blickte den Alten aufmerksam an. Je mehr er über die beiden Toten erfuhr, desto mehr würde Licht in das Dunkel dringen, in dem der Grund für die Morde lag. Noch war es hier so dunkel wie der Wald hinter Augustin Harrers Haus. Der Alte schwieg. Er lebte nun sichtlich in seiner Vergangenheit.

Bedächtig leerte der Harrer das Bier aus der Flasche, schob dem Brandner das Glas über den Tisch und schenkte sich selbst den Rest ins andere Glas. Ticktack machte die alte hölzerne Kuckucksuhr in der kleinen Küche. Ticktack ...

Nachdem sie angestoßen hatten, begann Augustin Harrer endlich zu erzählen.

„Es waren die ersten Frühlingstage ...", Bitterkeit mischte sich in seinen Bariton, „zugleich die letzten Tage im Tausendjährigen Reich. Der Hitler hat das letzte Aufgebot in die Alpen befohlen. Das war am 24. April. Am 25. haben sich Sowjets und Amerikaner an der Elbe getroffen. Hitler selbst hatte da schon seinen Selbstmord geplant."

Der Brandner war fasziniert. Nach so langer Zeit war es ihm, als hörte er wieder dem Großvater zu. Er betrachtete die starken Hände des Mannes, der ihm gegenübersaß. Es waren gute Hände. Augustin Harrer war Steinmetzmeister gewesen. Und Widerstandskämpfer. Der Held von Aussee.

„Nichts konnte die Nazis mehr retten, dort in Berlin", fuhr der alte Mann fort. „Nur bei uns, da kapitulierten die einfach nicht. Manche hofften noch auf ein Wunder. Auf die Alpenfestung. Aber die war nur Propaganda gewesen. Und die Wunderwaffe, von der die Nazis sprachen, die gab es nicht." Der Harrer nahm einen Schluck Bier.

„Die meisten Soldaten zogen hinauf in die Berge. Besser die Freiheit, dachten sie, als eine ungewisse Zukunft in Kriegsgefangenschaft. Sie wollten das Chaos abwarten, um dann noch weiter fortzugehen oder sich den Amerikanern in Frieden zu ergeben. Doch manche wollten einfach nur weiterkämpfen. Untergehen. Für den Endsieg. In diesem Chaos sind zwei Männer bei uns in Aussee aufgetaucht ..."

„Der Grün ... und der Buck", ergänzte Brandner aufgeregt.

„Heinrich Grün und Benno Buck."

Harrer machte eine Pause. Das viele Sprechen strengte den alten Mann sichtlich an.

„Sie haben sich schon gekannt damals, von München her. Man kann nicht sagen, dass sie eine Freundschaft verband. Doch sie hatten den gleichen Einsatzort: die Alpenfestung."

Das letzte Rückzugsgebiet. Von Tirol bis ins Salzkammergut. Der Brandner hatte davon gehört.

„Prominente Nazis hatten ja immer schon Ferienvillen hier für sich arisiert. Besonders beliebt war das Tal unterm Loser, weil es am schönsten war. Und am sichersten.

Benno Buck stammte aus der Gegend. Schon sein Vater war ein illegaler Nazi gewesen, er selbst Führer der Hitlerjugend. Nach Österreichs Anschluss, da ging es erst richtig los für die kleine Ischler Fabrik der Familie Buck. Man lieferte für die chemische Kriegsführung, produzierte Zyklon B für die Konzentrationslager ..."

„Das Entwesungsgas!"

Der Harrer nickte. „Alles lief wie geschmiert für die Ischler Bucks. Bis zum Untergang."

„Und dann?"

„Im letzten Kriegsjahr war der alte Buck gestorben, der junge Buck hatte bereits Kontakt zu den sicheren Siegern geknüpft. Später bekam er von den Amis die Fabrik zurück, und auch die Wälder. Dazu hatte er sich die Loser Alm mit dem Jagdhaus gekauft."

„Ein Ischler Obernazi in Altaussee“, murmelte der Brandner. „Aber aus welchem Grund kam denn der Grün hierher?“

„Wir wussten, was die Nazis planten“, knurrte der Widerstandskämpfer. „Nicht alles bis ins Detail. Doch Heinrich Grün galt als Waffenspezialist, sein Team gehörte zur deutschen Marine. Eine Art Forschungsanstalt. Im Toplitzsee führte man technische Versuche durch. Wasserluftraketen, Unterwasserraketen, alles, was für den Endsieg entscheidend sein sollte.“

„Und der Buck?

„Der kam erst 1945 in den letzten Apriltagen wieder nach Hause. Er war ja inzwischen wie Grün in München gewesen. Unter den tausenden Flüchtlingen erschien ein Trupp aus mehreren Autos in Bad Aussee. Der vielleicht mächtigste Mann nach Hitler floh in die Alpenfestung. Die Nummer zwei im gefürchteten RSHA, dem Reichssicherheitshauptamt. Der Chef der Sicherheitspolizei und des Staatssicherheitsdienstes. Doch dieses Mal reiste er mit einem falschen Pass lautend auf Doktor Josef Unterwogen im Gepäck. Benno Buck war Teil seines Trupps. Ein gefragter Mann, denn er kannte sich aus im Ausseerland.“

„Ernst Kaltenbrunner“, ergänzte der Brandner. Grausame Geschichten rankten sich um den österreichischen Karriere-Nazi in Hitlers SS. Der Harrer nickte und fuhr fort.

„Schon vor der Flucht in die Berge hatte der seine Kinder und seine Frau am Wolfgangsee untergebracht. Doch seine Geliebte wartete bereits in Altaussee. Man wohnte idyllisch im Haus Fischerndorf Nummer sieben. Doch der Chef der Sicherheitspolizei hatte vorgesorgt. Denn es waren die Tage der Raubzüge ...“

Der Brandner ertrug die Spannung kaum. Wer hatte nicht vom sagenhaften Raubschatz der Nazis gehört! Sichtlich gezeichnet von der Erinnerung stärkte sich der alte Mann mit einem Schluck, ehe er weitersprach.

„Für den Sonderauftrag Linz hatte Hitler die besten, die berühmtesten Kunstwerke für sein geplantes Führermuseum geraubt. Mit der Eskalation des Bombenkrieges suchte er ein sicheres Versteck."

„Altaussee", flüsterte der Brandner.

„Genau! Ende 1943 verschwanden die ersten Bilder im Salzbergwerk. Tausende Kunstwerke sollten noch folgen. Dann gab es die Aktion Bernhard, ein Geldfälscher-Kommando aus KZ-Häftlingen. Das druckte britische Pfund. Zu Kriegsende wollte man Druckplatten und Blüten verschwinden lassen. Man fand den Toplitzsee. Alles wurde darin versenkt. Und dann ...", der alte Harrer beugte sich mit heiserer Stimme über den Küchentisch, „dann gab's das Gold!"

Gustl Brandner war fasziniert. Das Gedächtnis des Widerstandskämpfers funktionierte so perfekt wie das Werk der Kuckucksuhr über ihm. Ticktack ... Dagegen hatte sich der alte Buck wohl bemüht, sein früheres Leben zu verschleiern. Denn fast nichts von dem, was Harrer ihm hier erzählte, hatte der Birngruber in den Datenbanken gefunden. Der Alte schenkte seinem Gast den Rest Bier ins Glas. Dann fuhr er fort.

„Kaltenbrunner kam mit ein paar Koffern in Altaussee an. Sein Trupp war sehr klein. Nur drei SS-Männer begleiteten ihn. Sie bewachten nicht nur sein Gepäck, sondern auch sechsundzwanzig Stahlkisten ..."

„Munitionskisten", stellte der Brandner trocken fest.

„Woher weißt du's?" Sein Gegenüber war überrascht.

„Ich habe selber ein paar gefunden. Auf Bucks Alm."

„Auf seiner Alm?“ Harrer sprach nun im Flüsterton. Er wirkte plötzlich aufgeregt.

„Vier Kisten. Leider leer.“

„Jedes Mal“, raunte der Harrer und blickte nervös in seiner kleinen Küche um sich, „wenn Heinrich Grün hier aufgetaucht ist, war da ein neues Loch in der Seewiesen. Einmal auf der Seite vom Strandcafé, da geht's kurz bergauf. Beim großen Felsen. Ein anderes Mal im Bretterboden vom alten Forsthaus, wieder ein Loch!“

Brandners Gedanken kreisten um Grüns Jagdhaus am Offensee. Wie viel Gold schlummerte noch unter der Erde? Es war Kaltenbrunners ganz privater Raubzug gewesen. Das letzte Pfand, das er bei sich getragen hatte. Der Notgroschen nach dem Untergang, zur Sicherung seiner zwei Kinder und seiner Frau. Wie viel wohl nach heutigem Wert? Einhundert Millionen? Zweihundert? Die abenteuerlichsten Schätze taten sich vor ihm auf.

„Die Geheimaktion ‚Sissis Gold‘ war nur ein paar Menschen bekannt.“

„Sissis Gold?“

„So hat er's benannt, nach Sissi Kaltenbrunner. Nach seiner Frau. Außer ihr wussten nur der Sicherheitspolizeichef selbst und seine drei SS-Männer davon.“ Der Harrer nickte mit finsterem Blick. Dann ging er zum einzigen Kasten der winzigen Küche, machte die Lade auf und nahm etwas heraus.

„Für dich.“ Der Inspektor fühlte etwas Eiskaltes in seiner Hand. Ein alter Armeerevolver!

„Amerikanische Wertarbeit. Pass nur gut auf dich auf beim Rumschnüffeln! Die sind überall, und wenn die Nazis was wollen von dir ...“, die alte Faust landete krachend am Küchentisch, „dann holen sie dich!“ Ein düsteres Lächeln huschte über das zerfurchte Gesicht.

Um ihn nicht zu kränken, steckte der Inspektor das antike Stück ein. Die Sorge des Alten rührte ihn, er bedankte sich. Doch der Harrer war bereits wieder zurückgekehrt, lebte wieder Frühjahr 1945. Es war nun Anfang Mai.

„Kaltenbrunners Lage galt bald als aussichtslos. Die alliierten Truppen rückten heran. Er musste in die Berge, flüchtete rauf ins Losergebiet. Die Kisten blieben zurück. Nun wussten nur noch seine Männer um das Gold, einfache Soldaten, Männer fürs Grobe ..."

„Der Grün und der Buck", schloss der Brandner.

„Wäre möglich. Bis jetzt weiß ich nur von Buck", meinte der Gastgeber.

„Und der dritte Mann?"

Augustin Harrer schüttelte nur seinen weißen Kopf.

Brandner schob ihm das erste Foto aus Bucks Almhaus hin. Der Harrer setzte den Zwicker auf. Er nahm sich Zeit.

„Jaja, das ist der Buck ... und da ist der Grün. Schau mal an, da waren die zwei noch richtig dick Freund."

Der Brandner hatte so etwas vermutet. Obwohl keiner der jungen Burschen den ermordeten Altnazis richtig ähnlich sah. Die Schrecken des Krieges, die Entbehrungen danach hatten in ihren Zügen allzu deutliche Spuren hinterlassen. Er legte das zweite Foto auf den Tisch.

„Das gibt's ja nicht ..." Der Harrer rückte den Zwicker zurecht. „Der Eisner Tom!"

„Der Eisner Tom?"

„Auch ein SS-ler. So wie Grün und Buck. Ich glaube, der war von Lauffen oder aus Goisern. Sonst weiß ich nix von ihm. Ich dachte schon damals, der sei längst tot."

Der Inspektor steckte die Fotos wieder ein. Tom Eisner. Er war wohl Kaltenbrunners dritter Mann gewesen.

„Schon seltsam, dass der Buck eine entlegene Alm kauft, nicht?“, betonte Harrer. „Gleich nach dem Krieg. Und mit welchem Geld?“

„Das ideale Versteck“, nickte der Inspektor. Auch er hatte sich bereits mit dem Goldrausch angesteckt. Doch Tom Eisner war ihre heißeste Spur. Drei Männer hatten von Sissis Gold gewusst, zwei davon waren tot. Er hoffte, dass es noch nicht zu spät für den dritten war.

31.

„Gold?“, tönte es aus dem Handy.

„Gold!“, wiederholte der Brandner entnervt zum dritten Mal. Er war auf dem Rückweg von Altaussee und der Seppi hörbar noch müde im Schädel. Der war wohl wieder saufen gewesen. Und dann noch die jungen Dirndln im KuK. Der Seppi gehörte bald heim aufs Gmundner Revier!

„Raubgold! Sieh zu, dass du alles über den Nazi-Goldschatz von Ernst Kaltenbrunner in Erfahrung bringst. Damals Chef der Sicherheitspolizei. Und in Verbindung mit dem checkst du mir noch mal den Buck und den Grün! Außerdem einen Tom Eisner. Stammt von der Goiserer Gegend. Hatte etwa das gleiche Alter wie Buck und Grün. Wir treffen uns in Gmunden, beeil dich!“

Er legte verärgert auf. Sollte der Bsuff doch schauen, wie er selbst von Ischl nach Gmunden kam! Immer nur Bier und Schweinsbraten. Der kam bald nicht mehr aufs Motorrad, der Seppi, wenn er so weiter soff und fraß!

Natürlich war der Inspektor schon längst am Schreibtisch, als der Birngruber laut stöhnend die Treppe heraufgeschlurft kam. Er fand den Chef dort, wo er ihn nie vermutet hätte.

„Lässt sich nicht einschalten“, klagte der Brandner und stierte den Flachbildschirm an.

Der Wachtmeister drückte auf einen Knopf auf der Rückseite. Ein Summen ertönte und die Bildschirmoberfläche nahm langsam Gestalt an.

„Also?!“, warf der Brandner verärgert hin ohne aufzusehen.

Der Birngruber holte erst einmal Atem und setzte sich. Dann nahm er seine Zettel zur Hand.

„Nazigold, auch Raubgold genannt ... Bezeichnet von den Deutschen vor und während des Zweiten Weltkriegs geraubte Wertgegenstände. Also nicht nur Gold allein. Stammte hauptsächlich aus arisiertem Besitz, das heißt von Personen, die deportiert und in Konzentrationslagern zum Großteil ermordet wurden. Nur ein kleiner Teil von ihnen wurde 1945 befreit und hat überlebt. Der Verbleib des Raubgolds ist bis heute weitgehend ungeklärt.“

Der Brandner hatte natürlich schon oft davon gehört, doch er lauschte interessiert Birngrubers Einzelheiten.

„Sie haben alles genommen. Zahngold, das sie alten Juden aus dem Mund brachen. Barren und Münzgold aus berühmten Sammlungen. Eheringe von Verschleppten. Dazu kamen Schmuck, Geschmeide und Kunstobjekte. Edelsteine wurden extra gesammelt, geraubt von Juden und unliebsamen Personen im Naziregime. Alles in allem Milliarden nach heutigem Wert.“

„Jessas, Seppi! So viel Gold? Und wie viel davon hat damals der Kaltenbrunner bei sich gehabt?“ Der

Inspektor sah gespannt zu seinem Wachtmeister auf.

„Man weiß nichts Genaues. Es waren jedoch Kisten voller Barren und Münzgold, dazu Brillanten und Edelsteine, und wohl ein paar Millionen Devisen in US-Dollar und Schweizer Franken. Das Gold alleine war wohl in mehr als zwanzig Kisten untergebracht. Das Meiste davon ist nie wieder aufgetaucht."

Stolz legte der Birngruber ein paar Seiten Ausdrucke vor Brandner auf den Tisch. Dieser pfiff laut vor sich hin.

„Bravo, Seppi!"

„Heiliges Wikipedia, Chef! Leider ist von einem Tom Eisner weder im heutigen Melderegister etwas zu lesen noch in unserer Polizeidatenbank oder in historischen Akten der NS-Zeit, soweit digitalisiert. Aber dafür sind sowohl der Buck als auch der Grün tatsächlich persönlich für Kaltenbrunner tätig gewesen", verkündete der Wachtmeister nicht ohne Stolz. „Das scheint in einem dünnen Akt des ehemaligen Reichssicherheitshauptamtes auf. Aber scheinbar nur kurz im Frühjahr 1945. Da stehen sie auf einer Besoldungsliste ohne genaue Dienst- oder Rangbeschreibung. Scheint eine geheime Reichssache gewesen zu sein. Deine Mona Milani hat mir den Akt vom Deutschen Sicherheitsdienst gemailt. Echt eine Wucht, deine Mona!" Er zwinkerte vielsagend.

„Danke", brummte der Brandner ungerührt. „Nehmen wir einmal an, der Kaltenbrunner hat mit Grüns, Bucks und Eisners Hilfe das Raubgold geklaut. Schließlich waren alle drei dort, als das Gold in Aussee eintraf. Im Frühjahr 1945. Wo ist es hin? Über zwanzig Kisten voll!"

Der Birngruber runzelte nachdenklich die Stirn.

„Zunächst rufst du im Labor an, Seppi, ob sie Rückstände von Gold in den Kisten aus Grüns Jagdhaus gefunden haben. Dasselbe mit den gleichen Kisten vom Buck."

Er ärgerte sich über die Linzer. Wozu gab's Spezialisten dort? Wer brauchte so lange? Es war ein Gwirkst mit dem Amt!

32.

„Herrschaftszeiten!" Der Krapfenberger raufte sich seine paar Haare und schoss aufgeregt zwischen Computer und Empfangspult hin und her. Der Birngruber hatte routinemäßig alle Pensionen und Hotels durchtelefoniert. Im Goldenen Brunnen waren sie fündig geworden. *Tom Eisner. Tourist*. Der Eintrag in der Gästeliste im Brunnen wirkte unauffällig. Er hatte sich nicht einmal die Mühe gemacht, unter anderem Namen einzuchecken. Das ließ mehrere Schlüsse zu. Entweder Eisner befürchtete nicht, erkannt zu werden. Oder er nahm es bewusst in Kauf.

„Tausende quartieren sich bei uns ein jedes Jahr. Ausgerechnet der kommt zu mir!"

Der Brandner gab ihm Recht. Pech für den Krapfi!

„Die Putzfrau hat schon so komische Sachen erzählt. Einmal lag da ein falscher Bart herum, ein anderes Mal Brillen, solche mit Fensterglas. Ich hab's nicht geglaubt, weil die Roxana redet viel, wenn der Dienst lang ist."

„Welches Zimmer, Krapfi." Der Brandner sprach abgeklärt, versuchte zu beruhigen. Welchen Sinn hätte es auch gehabt, den Hotelier aufzuklären?

„Erster Stock, das drittletzte auf der linken Seite. Zimmer zehn. Die Mandelsloh-Suite“, antwortete die Gräfin anstatt ihres Kompagnons. Ihre Stimme klang bestimmt. Welch eine Frau führte da nun das Regiment im Brunnenhotel! Der Krapfi selbst saß völlig vernichtet in seiner Luxuslounge und starrte apathisch zur Traungasse hinaus.

So bewegte sich der Konvoi vorsichtig die Treppe hinauf, der Inspektor zog die Glock aus dem Brusthalfter. Der Seppi blieb dicht dahinter. Er würde Deckung geben. Die Gräfin jedoch hatte sich schon einen der Hotelregenschirme gepackt und hängte sich an den Seppi dran.

Tausend Gedanken schossen Brandner durch den Kopf. Wer würde sich später an ihn erinnern? Wer würde trauern? Wer zur Beerdigung kommen? Kam überhaupt jemand? Zur Brandner'schen Gruft am Friedhof Wien-Hietzing? Er war der Letzte seiner Familie. Und das blieb wohl auch so. Der Brandner atmete durch und verscheuchte die bösen Gedanken.

Entsicherte seine Glock. Es ging los.

„Aber vorsichtig“, zischte es hinter ihm von der Treppe. Dieser Birngruber! Wieder einmal warf der die Nerven weg. Er selbst atmete noch einmal tief durch und roch an der Tür ... Ballistol, das Waffenöl. Warum wunderte ihn das nicht ... Lautlos drückte der Brandner die Klinke. Unversperrt! Er sprang in die Suite ... Sie war leer.

„Das Raubzeug!“ Der Birngruber markierte bereits wieder den großen Mann und deutete auf einen grauen Leinenrucksack.

Brandner nickte. Er öffnete den Kleiderschrank. Fein säuberlich hing ein einziges Kleidungsstück auf dem Haken. Ein grauer Rock. Der Schladminger! In der Brusttasche steckte ein Brief.

Natürlich ging sofort die Fahndung raus. In der gesamten Umgebung des Salzkammerguts wurde Eisner gesucht. Er sei als gefährlich einzustufen. Wie es aussah, hatte er zwei Menschenleben auf dem Gewissen. Und ein äußerst schnödes Motiv: Gold.

33.

Der Brief änderte alles. Er stammte aus den letzten Kriegstagen des Jahres 1945 und war in Englisch verfasst worden. Doch der Brandner hatte ihn rasch übersetzt. Ein amerikanischer Offizier des CIC Counter Intelligence Corps beschrieb seiner Frau in Baltimore die wohl geheimste Operation: Ernst Kaltenbrunner, Hitlers grausamster Mann, hatte kistenweise Beute nach Altaussee geschleppt: sechsundzwanzig Munitionskisten, die in Altaussee versteckt worden seien.

Auf der Rückseite des Briefs gab es einen gezeichneten Lageplan des amerikanischen Offiziers. Alles sollte vergraben worden sein, und zwar auf der Loser Alm. Der Brandner senkte den Brief. Der Ort lag direkt auf Bucks Alm. Diese Bestätigung hatte gefehlt. Der alte Harrer hatte Recht behalten. Es ging also tatsächlich um das verschollene Nazigold.

Leider konnten sie den Namen des Verfassers bisher noch nicht entziffern. Doch der Amerikaner hatte drei Männer in die Geheimaktion eingeweiht. Deutsche Soldaten, zu denen er offenbar Vertrauen gewonnen hatte. Ihre Namen im Brief lauteten Heinrich Grun, Benno Buck und Tom Eisner.

Der Brandner konnte vor Aufregung kaum schlafen. Sein nächster Tag begann auf der Straße. Um halb acht saß er im Wagen auf der Westautobahn in Richtung Bundeshauptstadt. Noch in der Nacht hatte er einen alten Studienfreund angerufen. Dieser war seit ihren Tagen in der Polizeiakademie beruflich aufgestiegen. Er sagte volle Unterstützung zu. Seine Dienstadresse lautete nun Rossauer Kaserne 1, Heeresnachrichtenamt, Archiv für Mittel- und Osteuropa.

Als er zurückkam, lag Gmunden im Dunkeln. Es war ein langer Tag gewesen. Die Wiener Akten gingen in die Tausende. Einige davon nahm er nun mittels Sondergenehmigung mit sich aufs Revier.

Langsam glitt der Inspektor durch den kalten, wie ausgestorbenen Ort. Nie hatte es so viel Regen gegeben Ende Oktober. An seinem See! Umständlich rief er vom Handy aus die Rosi an, gab ohne weitere Erklärung durch, dass er nicht zuhause nächtigen würde. Sie begann ihre übliche Litanei. Er legte auf. Die Scheinwerfer des Oldtimers pflügten das Treiben der Tropfen, er bog in die Schlossallee ein.

Kurz darauf saß er am Schreibtisch seines Großvaters. Im Licht der alten Banker-Lampe durchpflügte der Brandner die Kriegsakten. Sein Blick fiel immer wieder hinaus zum See. Am Ostufer glitzerten die Lichter von ein paar schlaflosen Villen und verloren sich mehr und mehr auf den Anhöhen. Kalt und nass, so wie damals. Siebzig Jahre zuvor. Er hatte den ganzen See vor und eine Flasche Macallan Single Malt direkt neben sich. Jenen Grand-Cru-Whisky, den Benedikt Brandner so geliebt hatte. Nun brachte er seinen Enkelsohn durch die Nacht, Schluck für Schluck.

Seite für Seite verschaffte sich Gustl Brandner Einblick in eine längst vergangene Zeit, von der der Großvater nur widerwillig erzählt hatte. Es war eine Welt ohne Ehre und Treue und mit unmenschlicher Gewalt.

34.

Mit dem Anbruch der Nacht wurde das Schneetreiben stärker. Hoch oben am Berg tänzelten leise Flocken im Wind und legten sich wie Staubzucker über die Gipfel. Aus alter Gewohnheit trug der Mann das Gewehr geschultert. Selbst heute, da ihn sein träg gewordener Körper schmerzte, spürte er das Gewicht nicht mehr. Nur im steilen Gelände nahm er den Lauf zu Hilfe und stützte sich auf.

Die Erinnerung machte ihm alles wieder vertraut. Der Wald und der Bach. Genau wie damals, es war ihm, als kennte er jeden Stein. Es war auch nötig. Er bewegte sich wie ein Chamäleon in der Dunkelheit. Nicht zu fassen, am besten gar nicht zu sehen. Das Einzige, das er am Leben noch fürchtete, war, sein Gesicht zu verlieren.

Ein Rascheln ließ ihn hochfahren. In weniger als einer Sekunde hatte er die Waffe im Anschlag, zielte auf das Gebüsch. Und senkte den Lauf lachend wieder. Er folgte den Haken des davoneilenden Hasen, zickzack, bis er ihn aus dem Blickwinkel verlor.

Zickzack. So war der auch damals gelaufen. Hier im Wald. War er ein guter Familienvater gewesen? Ein Handwerker? Ein Kaufmann? Er wusste nichts vom Leben dieses Mannes, und hatte auch damals nicht danach gefragt. Nur sein Gesicht blieb in seinem Gedächtnis eingebrannt wie ein Kainsmal. Seit so vielen Jahren ...

Plötzlich war alles wieder da. Die Mission, das einsame Bad Aussee, die einfache Blockhütte von *Harrers Steinzeug*. Der Mann, der soeben zugegeben hatte, ein Special Agent der Sechsten US-Army zu sein, hatte ihnen alles genau erklärt: Die Munitionskisten seien nun rasch zu vergraben. Eine Geheimaktion, von entscheidender Wichtigkeit für die Invasion. Umso mehr, als sich die letzten Deutschen gerade hier am Loser verschanzten, um ihren Gebirgskampf zu führen. Dabei sei der Krieg so gut wie vorbei. Außer hier im Ausseer Tal.

Er vertraue den Deutschen noch kaum, gab der Ami zu. Nur der Widerstandsbewegung, denn die riskierten ihr Leben genau wie er seins. Sie wussten ebenso wenig, ob er tatsächlich ein Elitesoldat vom Counter Intelligence Corps war, wie er glauben durfte, dass sie drei Widerstandskämpfer seien. Überall herrschte noch Chaos. Es war die Alpenfestung, das letzte Bollwerk der Nazis. Und von überallher strömten nun versprengte Deutsche und alliierte Agenten herein. In ein paar Tagen, versprach der Ami, sei die Sechste Armee hier in Aussee und würde die letzten Nazis auftreiben. Dass die Munition unter keinen Umständen in die Hände der SS-Truppen fallen dürfe, liege wohl auf der Hand. Sei der Job erst getan, müssten sie sich keine Sorgen machen um ihre Behandlung. Er gab ihnen sein Wort als Offizier.

Sie waren zu dritt und hörten aufmerksam zu. Der Grün, ein junger Münchner, der österreichischen Akzent sprach. Mit eisblauen Augen und von hellwachem Verstand. Und der Buck, der sich immer gab wie ein adeliger Herrenmensch. Und doch war der Buck von ihnen allen der am besten geeignete Mann. Er sprach als Einziger fließendes Englisch, und der Ami vertraute ihm. Buck kannte sich aus in der Gegend, also brauchte man ihn wegen der Schleichwege am See.

Im Schutz der Dunkelheit gingen sie zur Garage von „Harrers Steinzeug“. Der Ami zeigte ihnen voller Stolz, was in diesen Tagen wertvoller war als Gold: ein Steyr Lastwagen. Einer der wenigen Kleinlaster im Ort, den die SS-Verbände nicht fahruntauglich gemacht hatten. Bevor sie den Wagen beluden, tranken sie Schnaps. Der Ami taute auf und fing an zu erzählen. Von seiner jungen Frau, von seinem Sohn, dessen Foto er in dem kleinen Goldmedaillon mit eingraviertem Datum am Herzen trug. Noch kein Jahr alt. Zuhause in Baltimore. Seine Augen strahlten dabei, doch man erkannte auch Angst darin. Vielleicht erzählte er deswegen so viel. Als wollte er eine Beziehung herstellen zu Männern, die ihm fremd waren, denen er aber vertrauen wollte. Und die immerhin mit sechsundzwanzig original verschlossenen Kisten deutscher Munition zu ihm gekommen waren.

Natürlich log er. Sobald ein Militärgericht eingesetzt war, würde er sie ausliefern. Doch in jenem Moment verband sie alle eine heikle Mission. Vielleicht die letzte zum Sturz eines ohnehin fast toten, aber deshalb umso giftigeren Regimes. Und natürlich logen die drei Soldaten, was die Kisten betraf. Doch wo sonst bekam man einen einwandfreien Lastwagen in Tagen wie diesen? Dazu die schmucke Uniform eines Special Agents des Counter Intelligence Corps mit tadellosen Papieren. Versteckt im doppelten Boden des Laderaums.

Als der Ami noch einmal kurz zur Hütte gegangen war, um die Spaten zu holen, erklärte ihnen Grün abermals den Plan. Er hatte diese verfluchte Idee gehabt, der Grün, dieses ...

Alles erst einmal beladen und Aufbruch bei Sonnenuntergang. Irgendwann ein kleiner Unfall, bei dem der Ami ein wenig, doch nicht zu schwer zu Schaden kam.

In deutscher Wehrmachtsuniform, mit ausreichend Lebensmitteln mitten im Wald würde er es wohl eine Zeit lang aushalten, bis man ihn fand. Inzwischen wären sie alle über die Berge, am besten stets im Schutz der Dunkelheit. Buck hatte eine ähnliche Statur wie der Ami. Ein amerikanischer CIC-Agent und zwei deutsche Gefangene in Sondermission. Mit seinem Englisch, der Uniform und den Papieren würden sie alle Besatzungslinien passieren. Erst einmal in den Süden, Italien. Dort würden sie das Ende ruhig abwarten, so hatte Grün gemeint. Neue Pässe, neue Identitäten. Kaltenbrunners Gold reiche locker für alle, hatte der Grün gemeint. Sechsundzwanzig Kisten. Das reiche ein Leben lang.

Es wurde eine unruhige Fahrt. Der Buck lenkte den Laster durch den weiten Talkessel hinab. Im Laderaum saßen die übrigen, dazwischen die Kisten, über allen lag die Angst. Der Amerikaner beobachtete den Fahrer durch das kleine Vorderfenster zur Kabine. Es war dunkel, nur durch das hintere Verdeck drang ein wenig Licht herein. Der Waldweg war holprig, rechts schwieg der See. Buck hatte eben den Wagen gestoppt und sagte etwas zum Fenster herein. Der Ami nickte, kletterte zum Verdeck und knöpfte es auf. Der Grün starrte wortlos hinaus. Verborgen im weiten Ärmel des Mantels hielt er seinen Feitl bereit.

„Vollmond", meinte er mit dem Finger zum Himmel deutend und lächelte den Amerikaner an. In der nächsten Minute war alles vorbei. Nur der Loser ragte finster auf wie ein stummer Zeuge. Der Mond leuchtete ihnen. Schweigend verrichteten sie ihr schauriges Werk.

Er hustete. Hustete wieder und konnte nicht aufhören. Die Schmerzen holten den alten Mann zurück in die

Realität. Er verfluchte den Schnee und stapfte weiter durch die eisige Nacht. Genau wie damals. Vollmond. Und doch war alles anders. Heute gab es keine Wahl mehr ...

So oder so, bald war es vorbei. Die Lichtung mit dem alten Lindenbaum! Er machte Halt. Lud den Rucksack ab und packte den Spaten aus. Es war ein hartes Stück Arbeit. Nach einer Stunde legte er das Werkzeug beiseite. Endlich zog er prüfend am Strick. Sein letzter Blick galt dem Loser mit weißer Haube. Dann ließ er los.

Nie hatte es hier oben Schnee im Oktober gehabt. Und der Himmel weinte dicke Flocken ohne Unterlass. Am Morgen schneite es immer noch.

„Scheint fast so, als wollte er, dass wir ihn finden." Birngrubers Stimme klang ungewohnt ernst. Der Brandner neigte den Kopf. Offensichtliches machte ihn skeptisch, das war schon immer so gewesen. Seit den frühen Morgenstunden hatten sie den Wald durchkämmt. Hundert Meter vor der Hütte hatte der Polizeihund zum ersten Mal angeschlagen und sie schließlich zur einsamen Linde geführt. Am Rande der Lichtung.

„Kein guter Tag zum Sterben", meinte der Seppi noch und deutete auf den Schnee. Er hatte Recht. Sie hinterließen Spuren. Wenn es so weiterschneite, war bald alles dicht weiß.

„Deckt das zu!", wies er die Kollegen von der Vorchdorfer Verstärkung an. „Und keiner greift mir da hin! Das Skelett ist siebzig Jahre alt. Amerikanischer Offizier."

„Noch ein Mord", stöhnte der Birngruber.

„Noch einer", bestätigte Brandner und spürte, wie die Traurigkeit kam. Er drehte sich von der Grube weg.

Vorsichtig brach er dem klammen Mann an der Linde das Horn vom Hals. Die Sisi war ihm im Todeskampf aus dem Arm gefallen. Er überwand sich und sah dem Gehängten direkt ins Gesicht. Der Eisner Tom!

35.

„Kommt noch einer daher, schmeiß ich euch alle raus!" Der Spies steckte den Kopf stirnrunzelnd aus der Küche. Doch wie immer meinte er es nicht ernst. Er konnte es auf den Tod nicht leiden, wenn alle gleichzeitig eintrafen. Zu viel Arbeit auf einen Schlag. Doch natürlich blieb heute am Stammtisch kein Platz mehr frei. Der Mord war noch immer das Hauptgespräch.

„Moment ...", meinte der Moosberg und schob die erste Halbe zum Brandner hinüber. „Dann hat also dieser Eisner unseren Grün auf dem Gewissen?"

Der Brandner nickte.

„Und der Eisner hat auch den Buck umgebracht? Und sich dann aufgehängt?"

Er nickte wieder.

Alle am Tisch schauten den Inspektor groß an. Der Spies schenkte dem Helden zum Bier noch ein Schnapserl ein und setzte gleich selbst die Flasche an. Der Gustl war doch ein Pfundskerl! Im ganzen Salzkammergut gab es kein anderes Thema als den Brandner und die Klärung des Falls. Überhaupt jetzt, da es ein vierfacher Mord geworden war.

„Und das alte Skelett auf der Alm?"

„Der amerikanische Soldat, der vom Nazigold erfahren hatte. Das war sein Pech!"

„Und der falsche Sisi-Kopf?", wollte der Richter Beugner wissen.

„Aus Raubgold“, nickte der Brandner. „Genau wie's der Kupperl geschrieben hat. Grün hat sie selber gegossen, mit Bronze überzogen und als Leihgabe in die von ihm bezahlten Vitrinen gestellt. Alleine da waren tausend geschmolzene Münzen drin. Genauso hat er's mit dem Jagdhorn gemacht. War zwar nicht vom alten Kaiser, aber aus purem Gold.“

„Schlau“, fand der Krapfenberger.

„Und dabei stand's den Ischlern die ganze Zeit vor der Nase herum!“

„Na ja, die Ischler ...“, meinte der Spies.

„Nicht die hellsten“, der Krapfenberger konnte sich das Grinsen nicht mehr verkneifen. Der ganze Tisch brüllte los. Nur einer lachte nicht. Dem Brandner war der ganze Rummel eigentlich höchst unangenehm.

Zu vieles lag noch im Dunkeln. Sie wussten so gut wie nichts vom Leben des Mannes, der dort oben ausgebuddelt gefunden worden war. Und mit dem Eisner baumelte das zweite Rätsel an der Linde. Nur so viel war klar, dass er einst als Soldat mit der Verbringung des Judengoldes zu tun gehabt haben musste. Wahrscheinlich als Adjutant des Chefs der SS-Sicherheitspolizei.

„Dieser Eisner! ‚Monster vom Naziwald' steht im Ischler Mittwoch", tönte der Moosberg. „Es heißt, dass der siebzig Jahre unbekannt in Ischl gelebt hat."

„Der soll sogar noch dort unten geboren sein, bei den Narrischen", staunte der Spies.

„Ein U-Boot", gab der Inspektor zu. „Aber er hat neben dem Grün als Einziger gewusst, weshalb sich der Buck gleich nach dem Krieg die Alm gekauft hat."

„Das Nazigold. So konnte der jederzeit ungestört ausgraben", ergänzte der Moosberg, „Wie die dicke alte Kröte draufgesessen auf seinem Schatz."

„Wie du auf deinem Moosberg!", lachte der Hütti. Der Graf sah ihn böse an.

„Und genau das hat der Eisner dem Buck nicht verziehen. Der hätte auch gerne seinen Anteil an dem Gold gehabt. War ja damals mit von der Partie. Bei der Aktion ‚Sissis Gold'."

„Vielleicht haben sie es ja gemeinsam mit Kaltenbrunner vergraben und sich dann geschworen, das Gold aufzuheben", mutmaßte der Moosberg. „Für den Endsieg!"

„Jedenfalls scheint der Grün begonnen zu haben mit diesem Spiel, nachts auf der Alm Löcher zu graben", erklärte der Inspektor.

„Na klar. Wegen der Goldkisten!", rief der Krapfi. Und einer hat sie gehoben ..." Auch der Brandner wusste keine Antwort. Die Wahrheit würden sie wohl nie ganz erfahren.

„Und der Janisch war auch unschuldig am Mord vom Baron?", fragte der Spies leise.

Der Brandner nickte.

„Sogar Kumpels waren die. Bevor er in den See gesprungen ist, hat der Janisch noch behauptet, er sei Bucks bester Freund."

„Bei so was lügt man nicht", befand der Moosberg. Der wusste als Adeliger, wovon er sprach.

„Überhaupt, wenn man nichts mehr zu verlieren hat", pflichtete ihm der Krapfi bei.

„Ein Ehrenmann", gab selbst der Spies zu. „Wenn mir einer noch was gegen den Janisch sagt, dem spuck ich ins Gulasch!"

„Ehre hat der Janisch gehabt, Wilderer hin oder her", entschied Brandner.

„Schad um den, irgendwie ..." Der Spies wirkte geknickt.

„Abwarten", meinte der Inspektor. Er zahlte die Zeche und verabschiedete sich.

Doch ohne recht zu wissen warum, ging er nicht nach Hause. Sie war wiedergekommen, die Traurigkeit. Mit einem Mal. Er setzte sich ins Auto und fuhr Richtung Schloss.

Die Wipfel der dunklen Allee grüßten wie Zeugen seiner eigenen Einsamkeit. Im Büro angelangt, setzte er sich aufs Sofa. Er stand wieder auf, ging, ohne zu wissen warum, zum Aktenschrank und holte die alte Büchse des Janisch heraus. Ohne tieferen Grund hatte er sie noch immer nicht bei der Spurensicherung abgeliefert.

Er wog das Eisen in seiner Hand. Die Büchse war schwerer gearbeitet als üblich und fein ziseliert. Am Abzugshahn hatte man etwas von Hand grob eingeritzt: *M 19/24*. Ein Code? Ein Koordinatensystem? Dieser Janisch!

Die Spürnase fing ihn zu jucken an. Wie immer, wenn es noch offene Fragen gab. Warum hatte sich der Eisner umgebracht? Aus Reue? Hatte er dort oben das Gold gesucht und nicht gefunden? Wo waren die Goldknöpfe von Bucks Weste und Grüns eingenähter Notgroschen? Auch der Rest von Sissis Gold war nicht mehr aufgetaucht.

Es klopfte an der Tür.

„Servus, Gustl." Da stand er, der Wilderer. Wie von Geisterhand. Hielt den Ischler Mittwoch in der Rechten.

„Hab's dir ja gesagt. Unschuldig. Jetzt hat's der Kupperl geschrieben."

Blutbad im Altjägerkreis aufgeklärt. Eine Sondernummer. Ausnahmsweise war der Ischler Mittwoch schon montags erschienen. Kaum hatte man den Eisner gefunden, schwor ein jeder auf die Unschuld des armen Janisch. Eisner sei als Täter enttarnt, ein unbescholtener Bürger, von bösen Zungen verfemt umsonst in den Tod gesprungen.

„Ich musste sterben ... um zu leben." Der Janisch musste grinsen. „Bin ja grad an der Stelle reing'sprungen, wo ich immer baden geh!"

„Und ein toter Mörder gibt keine Fragen auf", meinte der Brandner und sah dem alten Mann fest ins Gesicht. Die Schlinge um Eisners Hals, die Museumsbeute im Arm, ein alter Brief als Erklärung. Alles schien tatsächlich zusammenzupassen.

Lächelnd gab er dem Janisch seine Büchse zurück.

„Da wär halt noch ein toter Bock ...“, brummte der Brandner, als ihm der Wilderer den Rücken gekehrt hatte.

„Kannst du’s beweisen?“

Grinsend wandte der Johnny sich um und fuhr heim in seinen Wald.

36.

Nun hatten sie also ihre Konferenz! Ganz Ischl war auf den Beinen. Und halb Gmunden dazu! Beide Bürgermeister hatten sich erstklassig herausgeputzt. Der Blitzer hatte dem Deingast erklärt, da der erste Mord in Bad Ischl passiert sei, sei seine Aufklärung nun auch dort zu verkünden. Im Stadtmuseum auf der Esplanade. Der Deingast wiederum rang dem Blitzer ab, die Eröffnungsworte an die Presse richten zu dürfen.

„Mehr als fünfzehn Sender ... sogar RTL ist da! Das kommt weltweit!“, übertrieb Ischls Ortskaiser maßlos und strahlte am Eingang den Chef der Salzkammergutpolizei an. Der Brandner stieg eben aus seinem uralten Auto, da wurde er vom Blitzer schon innigst umarmt. Ja, der Bürgermeister küsste seinen besten Mann gar auf die Wange. Die Fotografen rissen sich um die vorderen Plätze. Da kam schon der Deingast von der anderen Seite daher.

„Vergess ma die G’schicht, Gustl. Den Ballabend und das mit der Herzkönigin. Meine Frau hat sich halt damals ein bissl aufgeregt. Kennst sie ja ...“

Jovial zog der Gmundner Bürgermeister *seinen* Inspektor zu sich. Der Ischler konterte und drängte sein Lächeln mit in die Kamera. Zu dritt schaute man in die Linsen. Blitzlichtgewitter flammte auf. Der Brandner war peinlich berührt.

Am Museumsportal staute es sich. Blitzers Sekretärin verteilte bereits den offiziellen Pressetext zur Aufklärung der Morde. Sogar Kurdirektor Karl Grinser war früher vom Urlaub zurückgekehrt. Etwas zu braun gebrannt posierte der schöne Mann und bemühte sich hektisch um deutsch geführte Interviews. G'schnäuzt und 'kampelt, wie man hier so sagt.

Dann drängelte sich alles in den ersten Stock zum Festsaal hinauf. Da fuhr sich der Kurdirektor verzweifelt durchs seidige Haar. Er suchte sein Namenskärtchen. Vergeblich. Die vorderen Plätze waren für die Presse reserviert. Fräulein Direktor Grimm hatte sich bereits auf dem Podium zur Rechten Blitzers postiert, dessen Platz sie noch schnell abstaubte. Zu Blitzers linker Hand nahm der Deingast würdevoll Platz. Der Gmundner Bürgermeister kramte noch in seiner Tasche. Ein kurzer Seitenblick, er nahm das Namenskärtchen vom Tisch und tauschte es gegen ein deutlich größeres aus. Die Zusatzscheinwerfer wurden angeworfen. Alles strahlte im Rampenlicht. Überhaupt war das ganze Haus wie sonst nur zu Kaisers Zeit auf Hochglanz geputzt. Kurz, es war der Teufel los in Bad Ischl. Schließlich gab es nicht alle Tage einen Mord im Salzkammergut. Und dann auch noch einen vierfachen! Da war jeder um einen Happen vom Kuchen bemüht.

Der Deingast ärgerte sich. Wo war denn der Brandner schon wieder? Noch ahnte niemand, am wenigsten der

Deingast, dass der Platz zu seiner Rechten frei bleiben würde.

„Tut mir leid, zu viel Sonne für mich", grinste der Brandner dem Zauner zu, der im Foyer mit dem Aufbau von Gugelhupf und Zaunerstollen beschäftigt war.

Damit war er auch schon aus der Tür und ließ das Ischler Museum mit seiner versammelten Presse zurück. Er hatte einen wichtigeren Termin. Ein Gmundner wurde versenkt.

37.

Der alte evangelische Friedhof war in gespenstische Stille getaucht. Wie Skelette ragten die blattlosen Bäume in den graublauen Vormittagshimmel. Es war Herbst geworden, und der nasskalte Wind vertrieb die Regenwolken kleinlaut hinauf zur Spitze des Felsens, der mächtig über dem dunstigen Gmundner Tal aufragte.

Inspektor Brandner spannte den Schirm ab und sah über ein paar Köpfe hinweg zu dem aufgeschütteten Erdhügel. Daneben steckte ein einfaches hölzernes Kreuz im hellen Kies.

„Hat der Traunstein einen Hut, wird das Wetter wieder gut", murmelte der Brandner zu seinem Nachbarn, bemüht um Fröhlichkeit.

„Sauwetter", ließ Johnny Janisch pessimistisch verlauten. Wie immer hielt er sich auf seine unverzichtbare Büchse gestützt. Ausgerechnet Grüns Totengang wurde zum ersten öffentlichen Auftritt nach seiner Auferstehung.

Traurig genug, fand auch der Brandner. Immerhin, der Himmel hatte zu weinen aufgehört.

„Überhaupt trist, das alles." Der Wilderer deutete auf das dürre Holzkreuzchen. „Wer erben kann, der kann auch zahlen."

Tatsächlich hatte sich nur eine Handvoll Gäste auf den Friedhof verirrt. In späteren Protokollen war von exakt einem Dutzend die Rede. Der Inspektor und der Wilderer teilten sich die zweite Reihe der überschaubaren Veranstaltung.

„Das wird in Ischl ganz ähnlich sein", meinte der Brandner. Denn auch Benno Buck hinterließ keine direkten Nachkommen, und die argentinischen Verwandten planten nun doch keinen Abstecher ins Salzkammergut, wie der Birngruber vom Ischler Bestatter in Erfahrung gebracht hatte.

Nur zu Eisners Begräbnis und Hinterlassenschaft war noch nichts bekannt geworden. Wenn es nach dem Kupperl vom Ischler Mittwoch ging, spielte das auch keine Rolle mehr. Eisners Freitod kam einem Geständnis gleich. Der Herr Sensationsredakteur stand selbst mit vorne am Grab und lauschte den drei Buben vom Turnerbund-Gesangsvereins. *Nun zieh denn wohl von dannen, Jägersmann ...* Nach dem ergreifenden Trauerlied zeichnete der Herr Pfarrer ein Bild vom Leben des alten Grün. Die Trauerrede begann.

„Was kostet eigentlich so ein Grab?", brummte der Janisch und stellte den Kragen seines Schladmingers hoch. Der Herbstwind kam feuchtkalt vom See. „A schöne Leich wär doch wohl drinnen gewesen, bei all dem Gold."

„Sissis Gold", betonte der Brandner.

„Sissis Gold", echote der Janisch. „Blut klebte daran. Von Anfang an."

„Und heute das Blut von drei Toten mehr“, schloss der Brandner traurig.

Jeder hing wieder seinen Gedanken nach und beobachtete das unheilige Zeremoniell.

Dank Mona Milanis bayerischer Amtshilfe am Münchner Notariat wusste der Brandner inzwischen mehr. Neben dem Turnerbund hatte der Verstorbene auch die Gmundner Protestanten für den neuen Glockenturm mit einem Goldsegen bedacht.

Grüns letzter Wille machte indes nicht den ahnungslosen Neffen am Kopf des Sargs zum Nutznießer, sondern die Dame, die zu Grüns Füßen stand.

Uschi Neumair wirkte gelöst. Du siehst ja gschma aus, schien Kupperls Lächeln zu bedeuten. Der geübte Witwentröster hatte sich bereits in Stellung gebracht. Hatte auch er vom Testament erfahren? Die Uschi lächelte animiert zurück. Auch dank des Flachmanns, der sich kaum unter der Dirndlschürze verbarg.

„Und jetzt?“, fragte der Janisch.

„Jetzt geht's den gewohnten Gang ...“

„Und das Gold?“

„Ist wohl noch dort, wo's der Buck versteckt hat. Im Frühjahr 1945.“

„Auf der Loser Alm?“

„Auf seiner Alm.“

Begleitet vom Geheul des Turnerbunds verschwand der Grün langsam in der Grube. Die Sargspitze ragte heraus, das letzte Eck vom alten Grün. Der Brandner war in Gedanken anderswo.

„Vielleicht aber auch nicht ...“, begann er nach einiger Zeit.

Der Wilderer horchte auf.

„Stell dir vor, Janisch. Eines Tages ruft man den Grün an. Irgendjemand gibt sich als Gesinnungsgenosse aus, falscher Name, falscher Vorwand. Will eine Sonderführung von Grün. Die Nazis und die goldenen Zeiten der Alpenfestung, etwas in dieser Art. Der alte Nazi ist begeistert, das lässt er sich nicht entgehen. Die Privatführung wird vereinbart. Ein Montag. Ein verschwiegenes Stelldichein, bevor die Museumstore öffnen, damit man ungestört ist ..."

„Der Mordtag", brummte der Janisch.

Der Brandner nickte.

„Grün kommt ins Museum. Er lässt den Besucher ein. Der Mann ist verkleidet. Trägt trotz der Hitze einen Schladminger Rock und einen dichten Bart. Als die Gesinnungsgenossen unter sich sind, im Kaiserraum, kommt der Gast zur Sache. Es geht ums Nazigold, den verschollenen Schatz. Grün soll verraten, wo er vergraben ist. Das Unvermeidliche nimmt seinen Lauf. Betäubt, gefesselt, geknebelt. Es wird ein blutiger Morgen für den alten Herrn!"

„Unerhört! ... Klappe halten!"

Am Sarg drehten sich die ersten Trauergäste empört um. Ohne es zu merken, hatte sich der Inspektor in Fahrt geredet. Nur der Janisch blickte weiter stumm ins Grab, an dem der Pfarrer noch Weihwasser versprengte.

„Der Mann nimmt die Axt und schlägt die Vitrine ein. Von Kaisers Dingen nimmt er nur ein Jagdhorn an sich. Und den Kopf der Kaiserin.

Da erwacht der Grün von der geringen Dosis Chloroform. Der Täter dreht durch. Er badet in roher Gewalt, als habe er darauf gewartet ... Was fühlt wohl so ein Mörder, Johnny?"

„Keine Ahnung", gab der Janisch düster zurück. Immer noch sah er hinab auf den Grün. Die ersten Trauergäste nahmen das Schäufelchen und warfen Erde nach.

„Grün ist tot. Sein Mörder steht vor der Leiche, denkt daran, wie viel Gold der Alte gestohlen hat. Durchsucht den Leichnam und findet den Notgroschen, eingenäht in den Rock. Er nimmt die Goldmünzen. Eine vergisst er, auch die Axt lässt er zurück. Er braucht den Rucksack für den Sisi-Kopf und das Horn. Doch warum musste nur alles so grausam sein? Immerhin lässt er sich ja genug Zeit für den alten Grün ..."

Der Wilderer sah nicht auf. Doch er hörte gespannt zu.

„Es ging dem Eisner ums Gold", brummte er endlich.

Der Brandner wiegte bedächtig den Kopf, ehe er weitersprach.

„Der Mann hat den Alten zu Tode gefoltert. Und endlich bekam er zu hören, was er hören wollte. Es wissen noch andere vom Raub und vom Nazischatz. Drei Männer waren daran beteiligt damals, 1945 im kalten Frühjahr oben auf der Alm."

Wieder warfen ein paar Trauernde ihnen böse Blicke zu.

„Das Warten beginnt", murmelte er dem Janisch ins Ohr. „Wie viel weiß die Polizei? Der Mörder streut Nebel, legt falsche Fährten. Wie ein Wilderer, der sein Handwerk beherrscht."

Zum ersten Mal hob der Janisch den Kopf. Doch nun war es der Inspektor, der nicht aufsah.

„Noch am selben Tag fährt der Mörder an den Offensee. Was findet er? Ein paar Kisten, halb geleert, im Boden von Grüns Jagdhaus. Er plant bereits den nächsten Mord. Benno Buck. Auch er hat damals vom

Goldtopf genascht. Er erschleicht sich das Vertrauen des Alten, gibt sich wieder als fanatischer Nazi aus. Erst dort, wo es niemand ahnt, legt er die Maske ab. Es ist die Gelegenheit. Hunderte Täter kommen in Frage."

„Der Jägerball", flüsterte der Johnny.

„Der Jägerball", bestätigte der Inspektor. „Er sticht auf Buck ein. Stürzt ihn aus der Loge. Der zweite Mord. Wieder findet sich ein Notgroschen. An Bucks Weste sind Goldknöpfe angenäht. Die Weste wirft er kurz darauf in den See. Warum hinterlässt er die Spuren, Janisch?"

„Keine Ahnung."

Brandner machte eine kunstvolle Pause.

„Das Gewissen!", polterte er. „Erst der Grün, nun der Buck. Überall Blut. Das Bild prägt sich ein. Entsetzlich, so ein Gewissen. Man wird nicht fertig damit! Tief in seinem Inneren will er, dass es aufhört. Dass man ihn erwischt, bevor noch ein Mensch stirbt."

„Ein Mordskaliber, der Eisner. Riesenkerl", befand der Janisch. „Wo kam der her?"

„Weißt du das nicht? Ihr habt ja praktisch nebeneinander gewohnt im Kaltenbachwald. Fast Baum an Baum!"

Der Brandner sah ihn prüfend an.

„Nach dem Mord zieht er zur Tarnung in ein Hotel. Der Goldene Brunnen vom Krapfenberger ist dafür ideal. Verträumt, ja idyllisch gelegen. Er lebt dort unauffällig. Kommt frühmorgens, geht spätnachts, ohne gesehen zu werden. Keiner kennt den Mann, der im Ischler Wald seit Jahren wie ein Einsiedler lebt. Ein dichter Bart ist ihm gewachsen. Er fühlt sich sicher in Gmunden. So sicher, dass er mit seinem Namen eincheckt. Tom Eisner. So steht's im Fremdenbuch vom Brunnenhotel. Schon bald sein Dauerquartier.

Er muss das Gold finden. Noch nach dem Jägerball fährt er zur Hütte seines Opfers. Nach Altaussee. Dort findet er noch ein paar Kisten. Das bisschen Gold nimmt er mit. Auch der alte Buck hat ihm die Wahrheit erzählt. In Todesangst. Müde von der Mordsnacht schleicht der Mann ins Hotel.

Doch wo ist Sissis Gold? Es ist wie ein Zwang. Am nächsten Tag streicht er wieder im Wald umher. Alles wie damals. Überall hat er gegraben. Rund um den einsamen Baum auf der Lichtung, auf der man gemeinsam die Kisten vergrub. Haben der Grün und der Buck ihr Versprechen gebrochen? Das Gold erst zu heben, wenn die Wiederkehr des großen Führers naht? In einer neuen, glorreichen Zeit ...

Als er in sein Hotelzimmer kommt, fühlt er, dass es nun anders ist. Es war jemand da. Jemand beobachtet ihn. Eine Art Geist, der ihn nie mehr aus den Augen lassen wird, bis zum jüngsten Tag. Ein Phantom. So nahe und doch so unnahbar, wie ...

„Wie der Tod!", rief der Janisch zu laut, die Trauerschar sah böse herüber. Der Grün war verschwunden. Sie hatten ihn eingedeckt. Erde zu Erde ...

„Es war ein gewöhnlicher Raubmord", entschied der Janisch. Er hatte die Hand um die Büchse gekrallt. „Es ging ihm doch nur um die Münzen. Man hatte es damals zu dritt vergraben, das Nazigold!"

„Das Gold ...", nickte der Brandner im Flüsterton. „Was soll er tun? Er ist mitschuldig. Ein Mörder. Fühlt sich nicht mehr sicher. Überall wittert er Feinde. Schon die paar Dukaten könnten ihn verraten. Schließlich packt er es in einen Sack und zieht in den Wald ..."

„Er hat's wieder vergraben dort auf der Alm!"

Der Brandner schüttelte bedächtig den Kopf.

„Zu eisig der Boden für einen alten Mann. Wir haben alles abgesucht."

Johnny Janisch schien vor Spannung zu platzen.

„Der nächste Morgen, man liest es im Ischler Mittwoch: Der Doppelmörder ist gefunden, von eigener Hand gerichtet. Doch wer hat den Eisner aus der Versenkung geholt, Janisch? Was hat ihn auf die Alm gelockt nach so vielen Jahren? Wer hat ihn zum Freitod gezwungen?" Der Brandner ließ einfach nicht locker.

„Keine Ahnung!", schnarrte der Johnny, schnaufend vor Wut.

„Was wäre wohl, hätte man nicht den Eisner als Mörder entlarvt?", fragte der Brandner. „Und wo ist der Rest vom Gold? Wo ist es hin?"

„Deine Fantasie möcht ich haben ..." Johnnys Blick verfinsterte sich.

Der Brandner lächelte wie ein Verschwörer. Es war Zeit, zum Schluss zu gelangen.

„Was wäre, wenn da ein kleiner Wetterhahn steht? Am Dach deiner Villa. Und sein Schatten bei Vollmond genau auf jenen Mooshügel zeigt, in deinem Garten. Beim Brennholz gleich vor dem Wald."

Der Janisch sah ihn wild an.

„Du weißt, warum ich hier bin, Johnny ..." Brandners Stimme klang nun eiskalt.

Da riss der Janisch die Büchse hoch und zielte. Er feuerte drei Mal!

Die Trauerschar hatte sich wimmernd vor Schreck zu Boden geworfen. Der Evangelimann hob die Hand mit Rosenkranz. Gegen den Teufel! Der Brandner war stehen geblieben. Als Einziger.

„Salut in der Hölle, alter Nazibock!", rief der Janisch dem Grün ins Grab nach.

„Gehen wir!“, sagte der Inspektor trocken und sah ihm fest in die Augen.

„Gold … für Gerechtigkeit!“ Der alte Wilderer lachte hart.

Er hängte seine Büchse ab und hielt sie dem Inspektor hin. Es war vorbei. Der Brandner fragte nicht nach dem Warum. Legte dem Johnny keine Handschellen an. Für einen Mann seines Schlags galt das als Ehrenwort. Er konnte ihn nur zu gut verstehen.

„Wie hast du’s herausgefunden?“

„Der Brief“, sagte der Brandner tonlos. „Der Eisner hat ihn nicht vernichtet.“

Das Weitere würden die Gerichte klären.

38.

Krakelig war die Schrift, beinahe unlesbar. Die Zeilen hatten im Laufe der Zeit braune Flecken angesetzt, die letzten Worte waren von Tropfen begleitet. Es schien fast, als hätte der Verfasser mit Blut geschrieben. So als hätte er sein Ende geahnt.

Obwohl sein Englisch ein wenig mangelhaft war, hatte der Inspektor den Brief selbst übersetzt. Geholfen hatte ihm dabei Urgroßvaters altes Wörterbuch.

Liebe Mary!

Wie geht es dem kleinen John? Ich vermisse euch sehr. Doch werde ich noch im Sommer zurück sein. So Gott will …

Mary, lies diesen Brief genau, er enthält wichtige Informationen.

Alles, was Du seit November '43 in den offiziellen Newspapers gelesen hast, ist falsch! Lügen über Lügen. Es gibt keine Alpenfestung. Sie ist Propaganda von Hitler und Goebbels, um uns zu täuschen! Die Wehrmacht hier hat sich fast aufgelöst. Sie fürchten uns, denn in ein paar Tagen hat unsere Armee die ganze Macht.

Man hat Gold gefunden. Sechsundzwanzig Kisten voll Judengold. Drei Widerstandskämpfer haben es mir gebracht. Drei brave Männer, die in deutscher Uniform ihr Leben riskieren, in der täglichen Angst entlarvt zu werden. Diese Munitionskisten sind verschlossen und versiegelt. Sie halten es für Artilleriepatronen. Doch ich habe sie im Geheimen geöffnet. Es ist Raubgold, Mary. Ich will es sicher verwahren, um es den Juden zurückgeben. Doch bin ich noch alleine hier. Muss mich der drei braven Männer bedienen. Gemeinsam verbergen wir die Kisten oben auf der Loser Alm. Hebe den Plan in diesem Brief auf. Er bezeichnet, wo wir alles vergraben wollen. Noch heute Nacht fahren wir los.

Dies sind die Namen der drei Freiheitskämpfer: Heinrich Grun, Benno Buck, Tom Eisner.

Du sollst es wissen, Mary, doch ängstige Dich nicht! Gib Little John einen Kuss und nimm selbst tausend Küsse von mir, Sweetheart!

In ewiger Liebe, Dein Bob

Der Brandner ließ den Brief sinken. An seiner Echtheit bestand kein Zweifel. Feldpost vom US Counter Intelligence Corps CIC. Abgestempelt und bewilligt als *private post* in Bad Ischl am 5. Mai 1945 im Hauptquartier der 80. Infanteriedivision der US-Army.

Der Absender war CIC Special Agent Detective Robert E. Janish.

Wieder und wieder hatte der Inspektor die Zeilen gelesen. Alles lag plötzlich klar vor ihm. Nur Einzelheiten verstand er noch nicht. Wann genau war der Halbwaise Johnny Janish von Baltimore nach Sizilien übersiedelt? Wann hatte er sich in Bad Ischl niedergelassen und den Namen Janish auf Janisch geändert? Aber weshalb hatte Mary Janish den Brief von ihrem Mann damals nicht an die US-Behörden übermittelt? Es gab nur eine Antwort: Familie Janisch hatte private Blutrache geschworen. Und Johnny hatte letztlich siebzig Jahre lang gewartet, um sie zu vollziehen.

Eine Frage der Ehre, hatte Johnny gesagt. Der Rächer hatte vom Gold der Mörder genommen, um einem von ihnen die Schuld an den Morden in die Schuhe zu schieben. Er hatte Löcher gegraben und neuen Verdacht gestreut.

So hatte der Eisner den Grün ermordet. Auch der Buck war ihm zum Opfer gefallen. Showdown der Altnazis. Der letzte hatte sich, freiwillig oder nicht, verblendet von „Sissis Gold", im Wald aufgehängt. Oder hatte es am Ende der Janisch selbst getan?

Seine jahrelange Planung war vollendet. Ein schuldiger Mörder, der sich selbst richtete, hinterließ keine Fragen. Schlichtweg perfekt.

Es würde schwer werden, dem Janisch Anstiftung zu dreifachem Mord nachzuweisen. Oder nur zu beweisen, wie Janisch Eisner dazu gebracht hatte, die Morde auszuführen. Am Ende des Tages war er für alle zu schlau gewesen, dachte der Brandner. Auch für ihn. Es blieb ihnen nur eine einzige Möglichkeit. Hinter dem Stapel Brennholz hatte ein Spaten in einem kleinen Erdhügel gesteckt. Draußen im Kaltenbachwald lag

ein Goldschatz unter der Erde. Und nur ein einsamer Wilderer wusste, wo genau. Es war Gustl Brandner schnurzpiepegal! Er musste lachen, als sein Blick auf die Flinte des Janisch fiel.

M 19/24, der geritzte Code im Flintenholz. Kein Goldschatz, kein Koordinatensystem verbarg sich darin. Es war ein Vers aus Matthäus, Kapitel 19, der Vers 24:

Und weiter sage ich euch: Es ist leichter, daß ein Kamel durch ein Nadelöhr gehe, denn daß ein Reicher ins Reich Gottes komme.

Lächelnd klappte Gustl Brandner sein Notizbuch zusammen. „Sissis Gold" war zu Ende erzählt. Die Abendsonne leuchtete aus tausend Strahlen zum Fenster herein und begleitete die allmählich heimkehrenden Boote in den sicheren Hafen. Das letzte Licht fiel auf die weichen Wellen ihres tiefschwarzen Haars. Immer noch lauschte sie andächtig seinen Worten. Persische Prinzessin, dachte der Brandner still. Doch er sagte nichts. Der glücklichste Polizist im ganzen Salzkammergut empfand süßen Schmerz in seinem Bauch.

„Be salamati!" Mona Milani zwinkerte glutäugig. „Das Leben ist schön mit dir!"

Glossar

Ausseer Dirndl
Dirndlkleid aus Bad Aussee, grüner Leinenleib, rosa Baumwollrock, lila Baumwollschürze

Bassena
Bassena ist in Wien, aber auch sonst in Österreich, ein üblicher Ausdruck für eine öffentliche Wasserstelle am Gang eines alten Mietshauses. Die Bassena war nicht nur die Wasserstelle des Hauses, sondern auch allgemeiner Treffpunkt. An der Bassena gedieh vor allem der Tratsch, „Bassenatratsch" genannt.

Be salamati
„Auf die Gesundheit" auf Farsi

Bim
Straßenbahn

Blunzenfett
sehr betrunken

Bsuff
Trinker

Buam
Buben

Budel
(Verkaufs-)Pult, Schrank

Dasiger
Einheimischer

Eggenberg
Schloss Eggenberg, Schlossbierbrauerei

Falott
Gauner

feigeln
ärgern

Feitl
Messer

Flitschn
Mädchen oder Frau, welche mit vielen Männern eine Beziehung eingeht

Fuchtel
dominante Frau

g'schnäuzt und 'kampelt
fein herausgeputzt, gut angezogen

Gamsfrackerl
langgestellter Trachtenrock aus Loden, verziert mit Gamsstickerei

Gamsjagaschießen
jährlich abgehaltenes Preisschießen in Bad Goisern

Gnack
Genick

Goiserer
bekannte Bergschuhe aus der Goiserer Fertigung

Großkopferter
Bonze

gschma
toll

Gwirkst
Ärger, Misere

Hackl
Axt, Beil

Haferlschuh
feste Halbschuhe

Häfn
Gefängnis

Halt's zam
Sei ruhig

Haudrauf
Draufgänger
Häupl
Kopf
Hirschlederne
Hirschlederhose
hucken
sitzen
Hundstag
Hitzetag, heißer Tag
Jaga
Jäger
Kaiserhut
runder, melonenähnlicher Hut mit Gamsbart des Kaisers Franz Joseph aus Bad Ischler Handfertigung
Kieberer; Kieberei
Polizist; Polizei
Kitzerl
junges Reh
Krachlederne
ältere Lederhose mit Speckglanz
Kramerladen
kleines Einzelhandelsgeschäft
Krawattl, jmdn. am Krawattl packen
jemanden am Genick packen
Krickerl
Geweih des Rehbocks
Krinoline
Reifrock, schwingender weiter Damenrock
Krusterl
Kruste
Loser
ein 1837 Meter hoher Gipfel im Ausseerland der Steiermark, südlicher Endpunkt des Augstkamms im Toten Gebirge
Mannerleit
Männer
Maß (Bier)
ein Maßkrug, der das Volumen einer Maß fasst, also genau einen Liter
Negerant
Pleitier, jemand, der ständig pleite ist
nemgeig'n
fremdgehen
Neunnahtige
neunfach genähte bestickte Lederhose des österreichischen Alpenvorlandes
panieren
besiegen, verhauen
pfiat di; pfiat eich
leb wohl; lebt wohl
(jmdm. eine) picken
jemanden schlagen
Puch 150
legendäres altes Motorrad der Marke Puch aus Steyr
Puffn
Handfeuerwaffe
Reißen, jmdm. in der Reißen haben
jemanden in der Gewalt haben
sakrisch
sehr, riesig

Salzprinzen
die in Bad Ischl gezeugten drei Söhne des alten Kaisers Franz I. (II.)

Sauhatz
Schweinejagd

Schladminger Lodenrock
heller grauer Mantelrock für Herren

Schloss Cumberland
ab 1882 im neugotischen Tudorstil von Ernst August, Kronprinz von Hannover und 3. Duke of Cumberland, erbautes Schloss auf einer Anhöhe nordöstlich von Gmunden am Traunsee

Schnitt (Bier)
schnell eingeschenktes Bier und damit zur Hälfte Bier, zur Hälfte Schaum, oft als 0,3 oder 0,4 Liter eingeschenkt und als „halbes Bier“ berechnet

Schnürlregen
besonders dauerhafte Form des Sprüh- oder Nieselregens, der speziell im Salzkammergut häufig vorkommt

Schuasterbuam regnen
starker Platzregen

Spezi
Kumpel

stessn
stoßen

stiften gehen
flüchten

Tramway
öffentliche Schienenbahn, Straßenbahn

verhabert
befreundet

vorbeihirschen
vorbeilaufen

Waschblattl
billige Zeitung

Weiße
(Münchner) Weißwurst

(jmdm. eine) wichsen
jemanden schlagen

Wiesn
Oktoberfest, Festgelände des Münchner Oktoberfests

z'drucken
zerdrücken

Zaunerstollen
berühmte 1905 entwickelte Süßspeise der Ischler Konditorei Zauner aus Nougatmasse, Oblaten und Haselnüssen, mit Schokolade überzogen

Zirben
Schnaps angesetzt mit Zirbenzapfen

Zund geben
einen Tipp geben

Zwölfender
Hirsch mit mächtigem zwölfendigem Geweih

Dank

Ich danke herzlich Maryam Fakhran, Peter Janisch und Walter Tarra.

Bernhard Barta
Sissis Tod
Ein Salzkammergut-Krimi
HAYMONtaschenbuch 154
240 Seiten, € 9.95
ISBN 978-3-85218-954-3

Mordalarm in der kaiserlichen Sommerfrische: Eine Leiche liegt unter dem Gipfel des Bad Ischler Siriuskogls. Eine Tragödie, denn es ist Hochsaison und die Tote ein berühmter Hollywoodstar. Eben noch drehte sie am neuen „Sissi"-Film über die österreichische Kaiserin.

Der Fall seines Lebens für Inspektor Gustl Brandner. Unterstützt vom tollpatschigen Wachtmeister Birngruber ermittelt der Spross aus altehrwürdiger Dynastie am Filmset, am Stammtisch und in den hiesigen Nobelhotels – und scharrt tiefer und tiefer im Sumpf adeliger Kreise.

„Der Brandner ist jetzt schon Kult."
OÖ Nachrichten, Edmund Brandner